AQUARIUS

AQUARIUS

AQUARIUS

AQUARIUS

每個人心中都有一座島嶼，

藉文字呼息而靜謐，

Island，我們心靈的岸。

雪卡毒

林楷倫

【推薦序】

看看今天這世界開什麼數字給你？

◎張惠菁（作家）

林楷倫的小說令我讀到一種邊境。

這個邊境，不是國界、縣界，不是固著在空間中的哪個地方。而是生存方式上的。

首先，是人與自然的邊境。在林楷倫的小說中，大部分的人都過著從自然中取物營生的日子：釣魚、捕魚、開鑿礦物、販賣魚餌或是仲介土地。他們的生活，有巨大的介面臨接著一種自然的產出，深受自然所能給予的補給豐盛與否的影響。然而，當代台灣已不是人類學家說的「原初富足」時代了，因此發生在這個人與自然邊境的事，也遠非上天養人、田園牧歌式的浪漫。而是邊緣人在被切割得幾近無機的地景中，穿梭尋找可拿取之物。有在山溪中的電魚、有在山上不斷招致族群衝突的採礦、有在纏繞的廢漁網間尋找漁獲的景象。這是「人類世」的生態環境。自然被人類介入已經長遠到近乎永久，人類的痕跡到處都是，垃圾也到處都是。這個被書中所有角色當作營生手段的自然，以它被介入改變後斑駁處處的模樣，回應著書中各個角色的生命。

林楷倫凝視這個邊境，凝視邊境地帶裡的人。邊境地帶可能是泰雅領域的山區，可能是苗栗外埔海岸、台灣本島外海的釣場、馬祖的東引島，甚至這樣的地帶也延伸到岸上的海釣場和城鎮裡的魚市場，與那些電玩機台之間。都市人和食物來源分開生活，從超商超市購買處理過的食材。林楷倫所寫的不是這種人。他寫的是活在和食物來源、和資源出處相鄰之地，但在社會階梯上屬於底層的人。他們沒有金錢與社會資本，若跌到谷底就只會剩下一人之身與身邊殘破的自然，他們怎麼想這片海、這條河、這些魚這些鱉，他們怎麼想他們的生活，是在這些邊境裡沉默無聲但一直進行的意識交換。如同我們會成為自己周遭環境的鏡像，這些角色也一直是自然的反映。

在他的小說中，你會一直聞到邊境的味道，魚腥味，潮濕感，火藥爆破，那是商場內的商品所沒有的。在他的小說中，你也會一直聽到流動在邊境的語言，那種泰雅族人與漢人之間交談、表述、嘲笑彼此的方式，髒話、黃色笑話、貶低彼此的話。想像發財的話，對異性的調侃方式。一切事物被用能交換到什麼來表示價值，包含故鄉。故鄉是一個搭巴士離開就不會想再回去的地方。而遠方好像總有大海，身邊總有人在邀你出海（或邀你去做某種營生）。齋藤幸平《人類世的「資本論」》（人新世の「資本論」）說，當代西方的帝國生活方式是透過將代價「外部化」，將汙染與貧窮轉嫁到全球南方，來維持消費（或浪費）的社會。台灣也是這樣的，都市人們看不到發生在邊境地帶裡，開發的代價，即便我們日常的每一天都由這些被轉嫁的代價所支撐。而林楷倫的小說，他的「邊境文學」，將被外部化的一切「內部化」，使你看見，這一切就在這裡。

「邊境」就在這裡，別轉開頭去。隨著他的敘事，我們在腦中看到了那個平常看不到的「邊境」——這個將一切被「外部化」了的事物，重新「內部化」的魔法，需要飽滿的文學語言。而林楷倫能做到這一點，自然是因為他不著痕跡地動用了所有的人生經歷。他寫魚販、釣客、賭徒、遊樂場中的博弈者、異鄉人，寫他們之間的垃圾話種種，因為他長年生活浸潤其中，他想必一直在聞見、聽見，或有時也被吸收進去，也被撞擊摩擦吧。在林楷倫這位年輕的小說家身上，是文學極為古典的一面，他所經歷的一切都成為文學的養分，用他自己的話說，「把自己切碎揉進小說裡」。

其實寫到這裡，我就該放讀者們自己去讀了。讓讀者自行感受那個邊境在你眼前浮現，聞到它的氣味，看到那灰撲撲的海岸線，鐵鏽機油，流浪貓狗，糾纏的廢棄物，潮濕空氣中的腥味。召喚這一切的是語言。我想要勸告讀者，跟隨那語言。閱讀的時候不要一股腦先行將這些角色貼上「弱勢」或「生活在絕望中」之類的標籤，以至於扁平了對小說中世界的感受。這就是我為什麼使用「邊境」這個中性的表述。邊境有邊境的生活方式。發生在這裡的「愛」，是什麼樣的愛？在〈讓鱉鬆口的雷聲，是悶是響？我好想知道〉裡，示愛的話被套用在購買交換消費的語言，也有它的甜蜜，即使難以預測未來。欲望生猛，像〈河分雨流〉裡性慾滿溢漫流但對母職無感的女人。邊境是相對的。台灣是小島，但是對更小的島而言又是大島，於是東引島的人要在乎台灣人吃什麼魚，台灣人喜歡紅色的魚影響他們判斷自己的魚（〈北疆沒有大紅色的魚〉）。至於台灣島的釣客，釣上了大魚，那就要問旁邊更大的那個中國，若有門道走私過去可以賣到多少價格（〈外埔的海〉）。在這邊境之中，什麼主宰價格？什麼是會被認可的事，什麼只是話術？不只〈返山〉，還有好幾篇作品中都觸及了這個更核心的這個問題：在邊境中，誰是我們？那些被拋擲而出互相傷害的話術，想要切割對方成另一種「外部」，是真實的嗎？被切割者也切割他人，無盡切割中還有任何的「我們」嗎？但另一方面，某種隱晦的「我們」又似乎先於說出口的話而存在，只是不會是封好膜貼上標籤的，而是在反話、刺人的話之間流動，被用另一種方式辨認。

邊境是這樣一種地方。在最接近食物來源的地方，在有限的資源與彼此面前，人類用各種破碎的詞語在定義、詮釋、爭吵、辱罵、勒索、示愛，依賴也切割彼此。海底滿是廢棄物，消失的人成為魚的食物。人類吞食自然又被自然吞食。邊境的人們相信什麼？〈溪底無光〉裡，賭博的人賭輸了，辯解「神明的字是歪扭的」，是自己看錯了，究竟對賭徒而言，是賭輸比較可怕，還是面對這世上或許沒有一個層次更高、知曉世間運作法則的存在會偏心向你、會透露答案給你，比較可怕？賭博究竟是在賭錢，還是賭心裡那個「這世界不可能完全無意義」的執著？

林楷倫的邊境沒有神。但是有許多孤獨的人，行走在其中，看著彼此，或看著周遭的風景，有時收到了酷似「有意義」的訊號：數字、情愛、一天的運氣，或是一尾在釣竿末端拉扯的魚。說到底，活著的魚難道不是訊號，是茫茫宇宙與這個孤獨的人之間僅用一支釣竿相連的部分嗎？在林楷倫用語言召喚出來的，這個總有著腥味刺鼻，終日潮濕的邊境地帶裡，任何一尾魚的跳動、魚身的訊號，都在反映著生活在邊境地帶的人，而邊境地帶裡人的生活反應著所有這「人類世」裡的我們。從外部再次來到內部，來到核心，這就是我們的故事。

看看今天這個世界開什麼數字給你？

【推薦序】

無法停止作死的理由

◎蕭詒徽（寫作者）

魚為什麼要吃餌？

換個方式問：人為什麼要作死？*

第一部作品《偽魚販指南》中，楷倫展示了他寫人物的功力。除卻宥勳在其序中以結構、角色形塑切入所指出的優點，《偽魚販指南》給我的啟發，在於它用紀實之美布達了人面對利益時的複雜性——人們容易以為「逐利」是一種扁平的行動，是選擇對自己最有利的選擇、哪裡賺比較多往哪去；但在楷倫筆下，我們看見人為了爭一口氣在競標時喊出讓自己賠本的價碼（〈競標〉），為了姊妹創一份並非初心的業（〈女人魚攤〉）……原來，在看似理性當先的利益問題之前，人依然如此寧願讓感情介入。楷倫擅寫那份介入的感情。而比起偉大的合理的，他更擅於寫羞赧的、卑鄙的感情。在買與賣的精密算式裡，潛伏著使一切運算傾斜的猥與瑣，那常是楷倫筆尖所指。

魚吃餌的原因或許單純，因為牠們餓了。至於人為什麼作死，人們最直接的答案看似悲憫卻顯得輕易：不就是因為他們就算不作死也快死了嗎？是生活逼他們的——這個答案合理，也存在，但顯然不是楷倫企圖以小說給出的回答。

不同於《偽魚販指南》中受限於文類默契與取材，因而仍隱約被上述這個直接答案的引力所牽制，《雪卡毒》藉虛構所能賦予的戲劇張力強調人的另一種狀態：楷倫為多數角色設計了「不作死其實就不會死」的處境，他們要麼不必另尋出路，要麼一腳已經踏在出路上，但他們依舊——甚至執著——往餌的方向前去。

這將問題再推深一層：本就有東西可吃的魚，為什麼還要吃餌？

●

我們要先辨識餌為何物。

《雪卡毒》裡有一種餌，是金錢。在〈溪底無光〉裡，錢是簽賭的獎金；在〈返山〉，錢是保險金與補償金；在〈讓鱉鬆口的雷聲，是悶是響？我好想知道〉，錢是放生換來的贖命金。這些是錢，但又不純粹是——楷倫聚焦這些附掛各種前綴詞的金錢名目，凸顯它們來歷殊異、並非單純以勞務交換的性質。這讓作品中的餌之意涵有了第一次擴張——讓角色趨之若鶩的，並不是金錢本身，而是「有機會以某種捷徑、換得本不屬於自己的東西」的僥倖。

《雪卡毒》裡另一種餌，是本性，而本性在故事裡往往易容為欲望。看似口腹之欲遮蔽了利害判斷，本質卻是在廢墟中求生的基因（〈雪卡毒〉）；看似性慾使人的命運走岔，本質卻是冷漠者面對社會期待的消極行動（〈雨分河流〉）。人吃餌可能還真不是因為餓，是餌作為客體和角色主體互為表裡。逐餌於是並非一種選擇，也無關愚智，而是遂行自我如其來之我，即便明知其濁惡。

《雪卡毒》裡還有一種餌，是對信仰／儀式／江湖規矩的悖反。〈溪底無光〉中族人因有所信而不電魚，「我」則無視山中默契；〈潛下是沉底的起頭〉裡，角色潛入「村裡的人都會說長大才能去」、「有水鬼」的海域，他們想看看規矩外有什麼、看看不相信會怎樣。這恰恰是釣魚理論所揭穿的人性：界線引來的不是人的遵守，而是人的試探。

與餌一起在故事中共存的，是被釣的人竟如釣者般的覺知。他知道賭博無望，他知道賣地無良，她知道她沒有家……他們知道，但他們沒有避免，繼續隨慣性行動。八篇小說的主角，沒有任何一人因事件行進而頓悟，而劇烈改變，甚至當親人死去，他們也能靠心靈維持原狀，彷彿還在等待這個原狀將領他遇上什麼。

他們知道吃餌是傻的，知道自己不吃並不會餓死，甚至知道吃了餌之後不過是變成更大的餌。但他們仍要。而《雪卡毒》之美麗，便建立在這些人物的不動不變：我們望著明知將會在遠處某點對撞的列車，猜想那個點會在哪裡、會怎麼撞，同時一邊欣賞著已知自身命運的列車貫徹自己的餌之哲學——僥倖、本我、試探。

我們也被釣了。當我們看著這些充滿自知之明的餌。

《偽魚販指南》讓我們讀到，介入理性的意氣與面對利益的感性如何驅使人們情願面對不智與不幸，咀嚼其中趣味；《雪卡毒》則進一步擴張這份感性可能的廣深。這些角色不是單純被情懷由上而下地操縱，而是與自己的感情平行，仿若登出帳號般旁觀自己的人生，看見險峻與荒唐，但依舊執意目睹。

這是對命運的順服，可竟也是對命運的挑戰：無論命怎麼逼，他們以這份繼續的覺悟為賭注，說不定最後是贏的。

人為什麼要作死？因為作死通常終究滿足了我們內在的某種衝動。知道那是餌，但吃了，至少餌確確實實進了自己的肚子。但這並不是楷倫小說餌的辯證的終點。

如果你拿到幾個億一夕暴富，你會做什麼？《雪卡毒》中某篇主角因故進山逃債，後來衷心相信自己獲得眷顧、獲致鉅款；然而即便如此，他最急迫的想望也不是還債，不是未來，而是下山。

讀到這裡，我心有徹悟：原來人吃餌，可能並不是因為餌多好吃、餌是什麼，而是因為餌連著長長的釣線。吃下餌，你便有機會被那條長長的線，拉到你從未到過的地方，離開你本來所在的海。而這之後的事，吃餌的人沒有想得多深，沒有那麼在意。

這便是他們無法停止作死的理由：是，繼續待在這裡也有東西可吃，可是不要。在這裡好好活下去並不是贏，離開才是。

他們沒有要去哪裡，只是需要離開。和許多時候的我們一樣。

*不作死就不會死。網路用語，指沒事找事，反而導致災禍到頭。原句出自《機動戰士Z GUNDAM》第十二集台詞：「抵抗すると無駄死にするだけだって、何故分からないんだ?」（抵抗只會白白送死，為什麼就是不明白呢？）

目錄

溪底無光

二〇二一年第17屆林榮三文學獎・短篇小說獎三獎

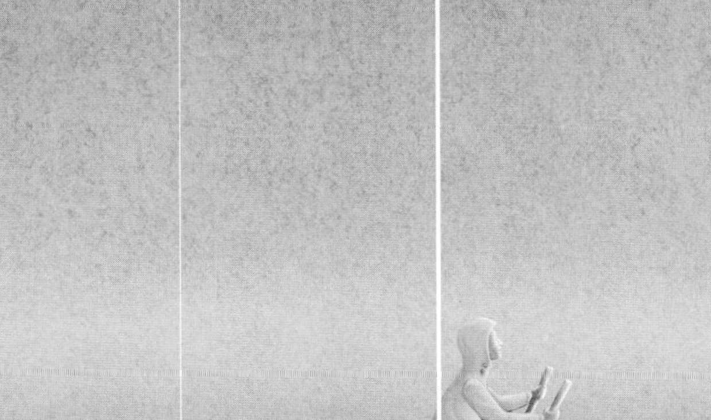

坐在高麗菜車的後斗，第幾趟了。

力行產業道路怎麼開怎麼晃。繩索綑住幾十箱壓壞的高麗菜，我的後靠背是高麗菜牆。前座坐滿三人，我坐在後斗，Behuy叫我坐在一箱高麗菜上，說這位置是山景第一排。第一次坐這種車，是車被銀行扣走，門外灑了紅漆，那天我連電話都不敢接，欠的錢賣房賣身都還不起。

聰明的我，事發之前與妻子離婚。

「不想連累妳。」真是個好理由。她說你要跑路就回qalang。qalang是她的山上，坐菜車回去沒有人會發現。「別再賭了，這是我最後一次幫你。」她說。她說這些話不止一次，每次的最後一次都有下一次。

跑路的那天，我聽妻子的話沒有賭，力行產業道路沒有訊號就不能賭。睡在她以前的房間，枕頭棉被都沒有她的味道，多久沒有人住就帶來多少的癢。怎樣都睡不著，不敢打開手機，新辦的預付卡流量有限，況且這支手機沒有其他人能找得到我。拿出口袋裡摺成四折的六合彩期碼表，下方的空白期數還能算十幾期。把高麗菜車的車牌寫在紙上，找出規律當成定理，填好空格幾個號碼，就能做美好的夢。

「姊夫，不對，你已經不是姊夫，到底要叫你什麼，你跑路的要不要改名啊？」Behuy消遣起我。

「叫我qnaniq。」我說。

妻子總愛這樣叫我，意思是貪吃貪心的人。

「唉唷唉唷，真的假的，有心要改喔。這裡貪吃沒關係，有高麗菜給你吃，看你要躲多久，一輩子如何，還是要兩條被子？」他拍我的手臂說。不好笑，也得乾笑幾聲，我問他有沒有工作可以做，他說割高麗菜，冬天採櫛瓜。

「沒有身分證的、逃跑的外勞都一個月一萬五，你前姊夫，一天八百。」

「錢這樣不夠。」我說。

「不夠沒辦法，老闆跟你一樣是漢人，你可以去跟他說。拜託你們漢人怎可能說得通。先做一陣子，再幫你找山上有什麼臨時的可以做。」

割高麗菜，腰痠手疼，領薪水時會好了一點。手機切成飛航模式，設定好下午六點的鬧鐘，打開網路，傳一封LINE，「35、28*10、15，雙連碰、五十元。」傳出訊息幾秒後，我收回訊息，跟妻子說好不能再賭，組頭傳了兩個問號回來。

依舊等八點開獎，我的號碼有中，沒有簽就沒有意義。

這樣的生活，過不了幾個禮拜，以前一個禮拜下注四天，那四天才覺得生活很有趣。Behuy總問我有沒有存錢，還有沒有在賭，我回一天八百能存什麼？能跟誰賭啦。我跟他哭窮，問他還有什麼能做，他指向廚房地上一罐罐的醃魚。

「這要賣誰？我自己都不敢吃了，還要叫我醃這個。」

「誰叫你醃，你有泰雅的血嗎？你這漢人醃出來能吃嗎？還以為我要教你醃魚，這不外傳啦。要你去打魚，打溪水與溫泉間的苦花，這叫quleh balay，真—正—的—魚。」

「是，小舅子。」

「這時才叫小舅子，跟我姊離婚後就不用這麼叫，假惺惺，山上的溪苦花一堆，你去找Watan學叉魚。叉完交我，你就有錢了。」

與Watan約在瑞岩溫泉旁，他帶一支自製的傳統魚叉與一支碳纖維魚叉，往北港溪上游溯去，我問他為何不在瑞岩溫泉旁打魚，「你看那裡有多少外地的，在那裡叉魚會被爆料。野蠻耶你，就算合法，這事只能偷偷做。又不是帶觀光客去部落體驗，那樣才可以光明正大說叉魚是傳統漁法。」他將傳統魚叉給我，他自己拿碳纖維那支。

「你就說帶我這外地的觀光。不過為什麼我拿傳統這支？」我說。他搖頭便指向今日的魚點，在溪裡的步伐像做錯事怕被發現的人，連水波都漸緩，「老人才可以用那個，我年輕用碳纖維的。噓，慢慢來，太吵太快都會嚇跑魚。」

溪的顏色是沉青，緩坡下降，而我的雨鞋裝滿了水，每一步都重了些。

他叉了一尾魚，放到綁在身上的水桶。我瞄準，叉入水中，那一刻，Watan就笑。每叉一次，失敗一次，「往下面一點，往你的下面一點。」什麼都沒有，笑聲變得更小聲。一旁看著Watan叉魚，一整個早上只有三尾魚。

怎麼可能靠叉魚賺大錢，我想。我幫他搬只有裝三尾小魚的冰箱，後車廂放著一組電魚網與電棍，這才是我想要的方法。我問Watan那組電魚工具哪來的，他說那是偷電魚的人被追捕時丟在路旁的，「問這個要幹麼？泰雅族不會電魚。」他又開始說起泰雅族本來都不用耕作，向土地喊小米就出小米，對河流喊魚就有魚的傳說。「喂喂，當我小孩喔，這我聽過了，泰雅族人最不貪心。下禮拜我不來了，這工作太累。」「山上沒事就當作玩樂就好。你老婆咧，怎沒一起來？」車走在壓深的輪胎痕，上下晃動，短短的路也令我暈車。

「我們暫時離婚了。」我回。

「離婚還有暫時的喔。」他說。

「別打電話來，又要叫我匯錢給組頭？這種事我不要幫。」妻子不斷地念。「不是要匯給組頭，是我網購買了割菜的刀、斗笠那些，三千。妳先借我。」妻子沒有出聲，「求妳，工作好用比較重要。」我說。沒有聲音沒有關係，她不要哭，沒有哭就好，就代表她相信我了。幾分後，匯款的單據傳給我，轉傳給賣家。

我買了一組電魚工具。我不能跟Behuy說自己想去電魚，只問他收魚的價格。他回：

「等你有魚再說。」

騎著Behuy的野狼，循著汽車的胎痕，沒那麼晃。假日常有探尋野溪溫泉的人，停在泥路旁，路變得狹窄，往溪邊一看，有人烤肉，有人挖起溪底的溫泉，平緩的溪不危險，沒有渦流，更沒有警告牌子。往沒人去的上游，撥開芒草，器具都先放在岸邊的大石，穿上雨鞋。清澈的水，能看透有多少魚。電魚前，將正負極打了一下起了火花，短暫的仙女棒，多打幾下像是煙火。火花掉入水裡熄滅。走到河床中間，每一步都要試探，怕下一步踩苔滑倒，更怕下一步沒有底部。走到水深處，一眼看不到底，上層透明，陽光可以進去，多深，才看得到水的顏色。若有人看到我，一眼就知道是在電魚。

放了下去，深一點深一點，水浸過手臂，直到袖濕，拉一點回來，按下電鈕。

那是我可及最深的地方，那裡必有熟睡的魚。

彷彿能聽到電的聲音，我不確定，那種聲音平常聽了會頭痛，在這裡，卻讓我安心許多。

沒多久水面浮了許多的魚，撈起。浮上的魚，幾尾直接碰到電棍，骨斷肉熟，扭曲變成幾個號碼。「7、6、2。」不斷默背。黏在電棍上的皮肉難以清洗，按電鈕發出電蚊拍的聲響，直至焦成碳黑，散出肉的香味。

回到岸上將這些魚放入塑膠袋，這些魚等等會醒，沾水的塑膠袋緊貼無氧讓牠們窒息。電魚怎麼會是違法的，想不透，我不是把所有的魚電死，只是把魚電暈讓牠們浮上來。五斤塑膠袋一下就裝滿，我想說最多電個三袋，為了保育，電這樣夠了。花不到兩個小時電滿三袋，剛放入塑膠袋的還會跳兩下，沒多久變成我剛離開的溪，平靜無聲。

將電魚工具收至魚竿包內，電池電線塞進背包。

沉沉的塑膠袋，會變成沉沉的錢幣。「7、6、2。」我邊騎野狼邊念。

將那幾包魚放在流理台，Behuy一看到就問你叉的喔，還是你買的？

「瑞岩只有你賣，是要跟誰買。」

「你叉魚天才喔，是不是用牙籤叉魚，才都沒有傷口。這裡幾斤？」他問。

我不知道這裡幾斤。他一斤一百收。「不是說兩百嗎？誇張耶。」

「一斤兩百是苦花，你這雜魚誰要。」他說。我以為什麼魚他都收。

他鋪了幾張報紙，將塑膠袋的魚倒滿地，他挑選小小的苦花像是高麗菜裡挑出害蟲，挑出時特別開心。將小苦花放到玻璃罐裡，不殺肚不拿鰓，我記起苦花的模樣幫他選，特別大尾的我都丟進去。

丟了幾尾，他打了我的手。「你是懂不懂啊，什麼是真正的苦花，什麼才是能吃的大小啊？」

「啊不就苦花。」我不再幫他挑，他將那些雜魚放回濕爛的塑膠袋，石賓、溪哥擠壓流出泥色的膿。

「喂，你是不是去電的？」他將幾尾電熟變白的魚丟出門外。我不想回他，「我用叉的。可能是溫泉燙熟的吧。」

「qnaniq。難怪以前我姊都那樣叫你。」他要酸我了，不想聽。

走出門外，丟出去的小魚，看到幾個扭曲的號碼。

將手機網路開啟，傳幾個號碼串成連碰。「Behuy，這些魚能換成多少錢？」客廳桌上只有濕黏的八百，錢太少只能全下。三個號碼組成四組連碰，一組八十元，四組連碰全中就能賺七萬四。本金少就賺不多，有賭就有希望。

這麼少的錢不是賭，是娛樂。

「叫你去學叉魚，你給我用電的。」

「啊不都是魚，電的、叉的有差嗎？不要每個人都跟我說什麼泰雅族的故事啦，傳說你信喔，三歲小孩喔。」

「好好好你這白浪很會說，不是不能電，我可以收電的啊，你要電，就別把牠們電死，放活的回來啊。」

「好。」

「跟叉魚一樣，不要太淺要深一些。」為了這句話，我買一件青蛙裝，就能走到更深的溪。

晚上八點十分開完樂透，「中大筆的喔。」組頭打電話來說。

「7、6、2」有中。白目不長眼的魚，靠近電棍，排成扭曲的號碼，變成一種預言。

「好運。」這種祕訣講了沒人信，有人信就有人學，就不再有用。

「照舊？」「嗯。」照舊是下一期博這期中的金額。滾個三四期賺個幾千萬就沒有必要待在這裡。

聽說，夜裡的魚不太會游，待在自以為安全的某處，我開始夜裡電魚，畢竟這裡晚上沒其他的事做。開始電魚，手窩在長手套裡，往聚集魚的窩穴，離電棍還有兩公尺。更深，就更有魚，我這樣想，河水浸過手套，手隨即感覺到冷，久了河水變成溫暖，變成黏膩的手汗。當按下電鈕，幾秒後魚浮起，我網起那些魚，鰓不會動只是昏了假死，將漁網泡在溪水中，攪成漩渦，魚醒了暈了，便倒入打氧的水桶中。做過幾次就順手，交活魚沒那麼難。

中了一組二星，幹麼去割高麗菜，靠這些賺就好。能將電歪的魚想成號碼，我真是天才，神有在照顧我吧。我叫組頭匯幾萬給我，用Behuy的帳戶，Behuy只問你跟錢莊借錢喔？「錢莊最好能匯到給別人的帳戶。拜託，怎麼找錢莊。朋友有難插刀啊。」有難插刀這句我說起來覺得好笑。

「晚上有車下山嗎？」我問。只有高麗菜車晚上下去，白天上來。

在駕駛與他老婆中間，駕駛的老婆一直說一趟三百喔，要記得喔。從瑞岩開到台大實驗林還在講，我給她六百，說回程一起啦。坐在前座，才看得到車頭與一旁的懸崖有多近，幾次還踢起腿叫出聲。「這座山旁邊都空空的咧。」我說。駕駛開始與對講機的同事講話，講這期他簽多少，我聽那些號碼就不會中，根本是賭博。

他老婆愈熟睡，他開得愈快，前方的山景一片漆黑，我只能看車燈的光照在林木與山壁，偶爾打在反射鏡上，亮得張不開眼，他轉向下一個彎，直到霧社。

用便利商店的網路，我先打給Behuy，跟他說領幾萬，幫我轉幾萬給他姊。他回他知道，他有網路銀行。

「喂，錢哪來的？六合彩喔。」我聽不出Behuy這句是酸還是羨慕。

「什麼賭不要亂講。就當我的工資都給你姊，當我是個老婆奴不好嗎？」

「我姊是你前妻啦，說什麼老婆。這要改啦。看你賭這麼好賺，你怎麼可能改。」

怎麼可能改，又不是沒中過。以前好運的時候，很常說：「我中一次大的，就不賭了。」妻子聽了千百次，只問我一次賭多少，我都說當作娛樂一天一千多，還好吧。她當這一千多是我去吃頓大餐，笑笑地說你高興就好。一千多是一千九百九，一個禮拜八千，賭到衰神上身，我便加倍，薪水不夠跑去借。她問賭一次多少，我回妳想賭喔，後來我沒說的是一次三四千。她相信我，笑笑地說你高興就好。

有中分紅給她，她當然高興。

「不改怎樣，妳要我去死是不是。妳以前都笑笑地說沒差，現在是怎樣。」在跑路前，我說。「有一天我會先去。」她回。

我是個有責任的男人，中多少錢，會匯給她一點。

「有收到嗎？」我傳訊息過去。

「有，你又簽了。中了又怎樣，你會還錢嗎？或是又借更多。」她回。

「沒人會借我，過一陣子會還啦。」

「要躲多久，躲在我qalang的家，你這麼愛賭有想要過個正常人的生活嗎？好好還錢很難嗎？」

「很難啊，割菜能賺多少，妳懂什麼。中一次大的，有錢就能當正常人了，現在沒有錢啊怎麼當。」

「你沒中過嗎？你那次中一筆大的，下一期你怎麼做，你講了三天說那大筆的錢要怎麼花，講什麼未來，結果咧。你說啊。你說啊。」

說不出來。

神明寫的字，怎可能一下就看得懂。廟祝說。

廟的乩童，癱軟後上身，手部肌肉僵直，顫抖如同抽筋。人不可能演成這樣，我想，那如同觸電的嘴臉，吐了白沫，那刻一旁的廟祝拿了木筆給他，在沙裡揮寫。寫完蓋起紅布簾。

「有緣的，隨喜入簾內參詳。」

內行的都知道，五千五分鐘。那盆沙，像是蚯蚓扭曲的路徑，看不出有什麼號碼。不能說自己看不懂，神明會生氣。乩童的頭蓋了紅布，我拿了一萬給他。祂在我耳邊尖銳地說，下刻沉厚的啞，他只說出五六個的尾數，沒說出號碼。我看得懂了。我再拿三千給廟祝，記起號碼，神明給的與我算牌的號碼類似，我都有簽。

神明的字是歪扭的。沒有中，一定是我看錯。

電暈的魚、電熟的魚很像神的號碼，我沒多久就參透。

「我會再中。」我說。她已讀不回。再中幾次，我會讓她嘴閉起來。

開高麗菜車的夫婦跟我說，早上八點會有一台空車可以載我上去。我想也好，今晚可以打魚。這台原本是往返瑞岩、紅香的三噸半賣菜車，雞魚肉菜都有。今天不賣肉跟菜，幫部落的人載兩頭黑豬上山。豬綁在後斗，流出白沫。「結婚喔。」我說。

「你這漢人怎麼知道。你泰雅的女婿喔。」他看我的婚戒說。

「那你有殺第一刀嗎？」我點頭。

「趕路嘿。都是這裡的人，不會讓你暈車，我要開快一點喔。」彎道不用減速，既然都是瑞岩的人。「那你知道哪一座山是你的qalang嗎？」我問。「當然。」他邊指著邊說。我不知道他說的是真是假。這問題我之前問過妻子，妻子胡亂回答，「妳這樣不行喔，會得罪妳們的山神喔。」

「泰雅哪有山神。你問這個要幹麼？qnaniq。」妻子說。「有神就可以求牌呀。」我說。

當司機問我的族語名字時，我回qnaniq。他笑說誰會取這種貪心鬼的名字，我回我妻子取的。「唉唷。不錯喔。」他說，似乎懂為什麼要叫這個名字，絕對不是他想的那樣。

「你們有山神嗎？」我問，大自然是他們的神，要不然就是耶穌了，他說。

這裡有神，附身在溪底的小魚。我用電棍讓旨意出來。

放我下車，他往紅香去，「改天來紅香溫泉坐坐。」車開走，還聽得到豬叫，遠方幾聲繡眼畫眉的叫聲。

我第一次來瑞岩，為了結婚。我在台大實驗林旁的大崩壁嘔吐時，妻子叫我吐小聲一點，只是為了聽這鳥的叫聲。她有說幾聲是吉幾聲是禍，我不記得，所以不能拿來算牌。

「開車還能暈車，你看到豬噴血，也會暈喔。」在前車的Behuy說，我吐到只剩胃液。

「幹麼不等我們啦？」妻子回。前車卻開得更快，看不到車尾燈，只在深鬱的林中直行。

「只有一條路啊，等誰啦。要不然你們開出第二條路給我看。」Behuy說。

往邊坡走是第二條路，去死的路，我想。

「趕得要死，你們漢人算時辰有比較好嗎？最愛算的說不定都離婚了。」Behuy不耐地說。「弟，嘴巴乾淨點喔。」妻子回。Behuy前導，我的車在中間，後方載著兩隻待宰的豬。妻子一直問我，你敢下第一刀嗎？我說我敢。窗戶多麼緊閉，還是飄來後方豬車的味道，那時我暈車了。

「小舅子對不起，我們漢人最愛算，哪像你們有靈鳥助念。」

到瑞岩時，鞭炮四響，碎紙花黏在黑豬身，特別顯色特別吉利。綁緊的豬丟在舊瑞岩部落前的廣場，幾個小孩去踢豬。Behuy問說幾點要殺豬。走啦，殺豬啊。岳父磨刀，只給我一把小小的刀。

「有沒有殺過豬？」Behuy問。我搖頭時，他搖起噴漆罐噴在豬頸，「這裡。」搶走我的刀，刀尖輕戳躺在地上的豬，豬叫，豬頸掙扎，將刀還給我，我眼裡只盯著噴漆的紅點看。手還在抖，刀被妻子搶走，用反手示範戳刺，「姊，猛喔，妳殺過豬喔。」「沒有啦。演一下。」妻子曾抱怨說結婚幹麼殺豬，現代人都送喜餅。「你們傳統是殺豬殺牛啊。」我回。「殺豬可以，我怕見血呀。」妻子說，這時她卻興奮地跟孩子們一起踢豬。

我感受不到那種興奮，豬叫變成回聲，繞在左耳右耳。「時辰到了嗎？」我問。

「什麼時辰，要不要拜拜，sehuw。」旁邊的人說，我聽得懂那句族語跟講白浪一樣意思，是漢人。妻子在笑，我懂那種幽默，曾模仿原住民逗她笑，醜化當成玩笑慢慢累積，最後笑不出來。

將小刀舉起，往紅點刺去，第一刀刺得淺，刀往旁拉，沒有割到動脈，只有劃開豬頸的白油，豬沒有死還一直叫，滲出少少的血。「是會不會。」有人呼喚我岳父。岳父拿起我的刀，從傷口入，入深一些，劃過肌肉，割開血管氣管，豬的叫聲嘶啞抽動。一旁的人接起血來，岳父從腹部一刀，後面的過程，我不看。

冬天的瑞岩，每戶都有烤火的火堆，火堆上烤起豬腸、豬心、三層肉串，岳父分切起豬肉，岳母交肉給親戚。親戚們指定要什麼部位哪種內臟。那是個很熱的冬天，蒼蠅一下就來了。包圍瑞岩部落的山，深綠近黑。「恭喜啊，恭喜啊。」握我的手，很熱很熱。「他誰？」妻子不知道，反問我說：「誰的烤肉，快點拿走，你不吃嗎？」

咬下牠的肉，感覺就像刺入豬的頸脖，我吃不下。「很無聊吧。」妻子說。

「第一刀沒有戳進去，是不是很沒用？」我問。

「怎會沒用，出錢的最大，大家等豬肉而已。」她回。六合彩中了三星付這些豬的錢，神給的結婚賀禮，我怎麼會忘了看血流出後的痕跡。

「別想太多，走啦，讓我看看你有用的地方。」妻子騎上Behuy的野狼，叫我坐後座，順便帶一支鏟子到他們的溪。

赤腳踏入冷冽的溪，有小魚在啄，我癢到笑了，她說牠們不怕人，說泰雅族人不會濫捕。她彎腰摸起溪水，摸到一處，她叫我在那裡挖坑，冒出熱燙的水。「溫泉呀，都市俗耶你。」妻子脫了上衣，穿著內衣褲下水，我則是全裸沒穿。她笑，笑看過幾百次的裸體，「不怕別人看喔。」她說，「妳都不怕了，我怕什麼。」泡到熱，泡到暈，我引了一些溪水降溫，幾尾不帶眼的魚滑入，妻子說這尾是苦花、那尾不知道。她將引水的通道挖得更大，要不然魚會燙死。水變溫了，沒那麼熱就更像冷。她說她最喜歡吃醃苦花，尤其是這裡的苦花，Behuy會來釣，有大有小，她喜歡吃小的。

「羞羞臉喔。」Behuy遠遠地說。

他釣了很久，久到我們的頭髮都乾了，去玩水又濕了。「釣到什麼？」

什麼都沒有。

「泡完溫泉，就把溫泉拆了，溪水流過變得不燙，就不會有魚死了。」妻子說。

「魚笨成這樣，還會被燙。難怪泰雅族的祖先可以喊balay魚就會來。」我說。

現在想起來，泰雅的傳說是暗喻有山神的存在。

不是假日的瑞岩溫泉，還是有一窪窪的溫泉，就算沒有擾人的露營客與輾過河床的吉普車隊。「你們漢人怎會記得拆啦。」那些溫泉有溪水導流的破口，卻有許多魚游了進去。水霧薄薄，很像是醃苦花魚覆在鱗上的小米發酵。一定會有不長眼的魚游入就出不去。這溫泉沒有水草、沒湍流，魚的側線感受不到危險的波動，只有溫冷交會，幾秒的不適，久了就習慣。第一批的小魚，往更深處游，靠近更燙的水，從裂縫出來的熱，滾燙如同沸騰的氣泡，一定會燙熟的。

燙熟的沉入水底，肉屑或腐爛分解在水中，下一批魚嘴巴開開，將肉屑濾鰓吞入。反覆如此。我想破壞這些石牆，但假日又築牆而起，就沒有破壞的必要。

溫泉池底的石，有多少死魚，遊客不覺得很重要，甚至玩起進池的魚。有人在，這些魚還不會進入死燙的水，但牠們不記得這個陷阱從何而來。填了一塊石，封起破口。

涉水往前到小魚大魚所處的石縫、壺穴。

沒多久，我剛封好的溫泉，熱得像是瑞岩早晨的霧，是炸雜魚的油煙，是高麗菜車的廢氣。這誰下去都會燙熟吧。將電棍插入溪底，按下電鈕，被電的魚能感受到麻刺還是熱燙呢？不管怎樣都會昏暈浮起，入我的網。一尾一尾，「抄家滅族。」Behuy跟妻子都這樣形容過電魚。

是啊，真的是抄家滅族。若其他漁法有這種效率，仍然是這樣形容吧。

一批批浮起的魚，我記起奇特的形狀，揣測號碼。撈起後丟在水桶內，等牠們甦醒。十二趟水桶，可裝滿六十公升的冰箱，打氣就能活到Behuy面前。

挑起那些被電熟或脫皮的魚，丟在溫泉池裡，至少還有魚可以作伴。

我每次都跟Behuy說：「我放生很多小魚，放給牠生。」放幾尾走，差不了幾十克，幾十元。牠們都是我的山神，凹彎的身軀給我靈感，怎可能趕盡殺絕。

入夜就開啟頭上的探照燈，繼續作業。入夜是危險的，我看不出水濁或清。還剩幾桶要電，往下游去。魚點在溫泉旁，沒多久一批，再電第二批時，青蛙裝破了小洞，濕黏，水暈散。我按下電鈕，魚浮起來，我看到神蹟，27、13、5，還差幾號。我持續按下，水滲入愈來愈多。水位高漲，沒多久，身體就濕，腳底的麻刺蔓延全身，些微地痛。變成快溺死的蛙，魚都沖走了，還有兩個號碼，水已到脖子，電池浸泡到水，毫無用途。我仍把電棍插入，電下，無魚浮起。感到痛時，小腿顫抖，彷彿將小刀劃開豬的頸脖氣管時的幾下掙扎，劃得更深，繼續電啊，差幾個號碼而已。閉上眼只見到落下的各色彩球與號碼，跟幾尾電熟變白甚至焦黑的苦花。我睜開眼，水沒有顏色，等同於暗夜。頭沒被淹到，手慌張抓起一旁的石頭，以為拉倒了牆，就會分流，水位不會那麼地高。石塌牆崩，熱燙的水滑在雙腿之間，與冷交錯，忽然熱變成寒，或是相反，分不出來。水位沒降，浮在水面上的水桶，裡頭的魚都已游走，幾尾給予神旨的魚已漂到下游。岸邊的冰箱，卡在遠遠的大石前，裡頭沒有魚。

我還記得那些號碼，這樣今天就不是做白工。

「魚呢？什麼都沒有喔？」Behuy說。

「能電到什麼都沒有，你真厲害。將溪底的魚電完，還真功德圓滿。這樣你怎麼還錢。」他不斷數落我。2、13、5、21，還有一碼是什麼，我記不得了。將青蛙裝脫下，翻過來晾乾，掉出一尾被踩扁的魚，像是7。就照這樣簽了。

「能還啦，別擔心。小舅子。」

「幹麼叫那麼親，要借錢喔，要借多少？」我比了個五。他問，五千？那是我想借的數字，我搖頭表示不夠。「鬼才要借你五萬。借你會還咧。」他說。

「山神給我一組牌，一定會中，我靠祂中過很多次了。」我說。

「哪有什麼山神，少在那裡騙。那麼猛，要不要順便跟我姊募資，最好是啦。」

「就當投資嘛。反正沒中，我還是會回來。要不然電魚器具押在你這啊。」我說。

「幾號，跟小舅子我說，我不貪，給我兩個號碼。」

天機不可洩漏。他給我五千。

「我這裡有五萬，能下多少？」我問組頭。我已沒有信用，頂多開兩倍額度給我。

「就十萬不夠啦，多一點給我，都多久交情了，我以前一次都二三十萬地下，你賺飽飽看我現在這樣，回饋一點，要不然你借我。當作投資。」

「把賭博當成投資，是我有病，還是你？要不然我借你十五，當作相挺，利息一個禮拜三分，下禮拜還。」

「好好好，我這邊本金二十，兩倍就是四十。」要他號碼記好，我不連碰，單一串關五星。「這樣玩都沒下保險，不多幾個號碼立柱。你是神明指示還是下完就定生死？」

「有仙則靈，知不知道？你別跟牌喔，有跟就沒用了。」

「我這尾鯉魚要翻身了，你不要不信。」我傳給妻子，她回問我什麼時候要還錢，還想要用賭翻身。

沒用的男人。「qnaniq，你怎不去死。」她還沒等我回答問題，就回這句。

我不知道還錢重要還是戒賭，我不賭就沒有錢還，躲在山上一輩子像是躲在壺穴的魚，電下去浮在水面。賭就賭一口氣，「錢還完就能回妳身邊嗎？」我問。等不到下一句話，手機的通訊量已滿。

「我翻身了，還去找妳這種女人，我不是傻了。」這句話沒傳出去。

又隨高麗菜車下山，最後一趟力行產業道路，習慣彎道的甩晃，路面的穴窪，抓著後斗的鐵欄杆，我覺得自己要自由了，像是一頭載往瑞岩的豬，為了喜訊被賜死，綁腿的鐵絲鬆了，在車停下的那刻，就能奔向森林。想起我殺不死的那頭豬，刺入脖子時，噴出的血好多，那雙直盯我的眼，無神就不會感到恐懼了，那樣算是給牠自由吧。這樣想真不吉利，我開始算能有多少報酬。上億吧，我感謝瑞岩的神與北港溪的苦花。

「你有賣給苦花王子喔。」走之前的我說。

「有呀，給他的都是特選，特選中的特選。你們這些漢人很囉嗦，選來選去。」Behuy說。quleh balay小小的不需要用醋來將刺軟化，直接炸，刺酥酥脆脆的很好吃。我始終不能接受醃魚的味道，聞起來像過期的口水，但妻子硬逼我吃過一次小米醃漬quleh balay，嘴裡的酸，引出如雨後的草味轉成甜。

內臟沒清的苦，牙齒磨起細小的刺，吞下。以為只要是魚都會發酵成這種味道，醃吳郭魚的養殖臭更濃、醃黑喉太軟。「什麼才是quleh balay？」我問。他的食指伸出，好的苦花不能比泰雅男人的食指還長，他的食指短短。這個問題我問過其他的人，他們都說Behuy胡謅，沒有這樣的分類。太大的苦花，肉粗一些，魚刺容易噎喉，沒人吃醃魚時要一直吐刺。

「明天請你吃苦花大餐。」我回。

下山之後，我訂了苦花王子的餐廳，一桌十菜兩湯，我跟Behuy吃。

他到餐廳說：「中大獎了喔，不用跑路了。」

我跟他，沒什麼話說，看著菜不斷地上，首先是鮭魚旗魚鮪魚生魚片，盡是一些老套到不行的菜。直到一盤炸苦花，老闆特地出來說這是Behuy的魚。那些苦花大過泰雅族男人的手指，每尾都像手掌一樣大。

「超大苦花，讚喔。」Behuy拍打老闆肥肥的手臂。

「吃啊。」我知道他不愛吃大尾的，甚至他不把這些當成魚，賣給漢人剛好。

Behuy一口咬下，像吃quleh balay。他不斷咳，嘴裡滿是細刺。老闆拍他的背，吐出的苦花是白色的糊，我仔細地看那些刺會不會變成號碼。看不出所以然，神沒給旨意。

「再吃。再吃。」我說。再上一道薑絲苦花湯，湯裡漂滿食指大的苦花。

「浪費這些真正的魚了。姊夫，你到底中多少？」Behuy將湯裡的苦花盛起一碗給我，那些苦花炸過，刺可以直接吞。用筷子撥開肉，魚肉已沒有味道。「別問這麼多了。這些是我電的魚嗎？」我說。

「吃自己電的，比較好吃啊。」他把帳單遞給我，繼續吃漢人口味的苦花大餐。

打開手機，有幾通未接來電，妻子打了幾通，沒顯示號碼的也幾通。

「妳想要什麼？」用餐廳的無線網路傳給妻子。她未讀未回，不再打開那則訊息。

我對Behuy比講電話的手勢，他點頭。

離開餐廳，往前跑。他仍在吃太大尾的苦花，嘴裡的刺一一挑出。不用回去瑞岩，不想再往返力行產業道路。招台計程車，沒多久睡著，鞋裡的腳汗，像是泡溫泉濕滑悶熱，想起那晚流入身體的電，那些電量電得死人嗎？我還活著。

像數字的雲是頭號還是尾數，紅綠燈的倒數看久發呆，燈號跳了一下，變成我號碼的靈感，這都是神旨，好多好多的神旨，想更近一點看，只見溪底無光，溪已無魚。

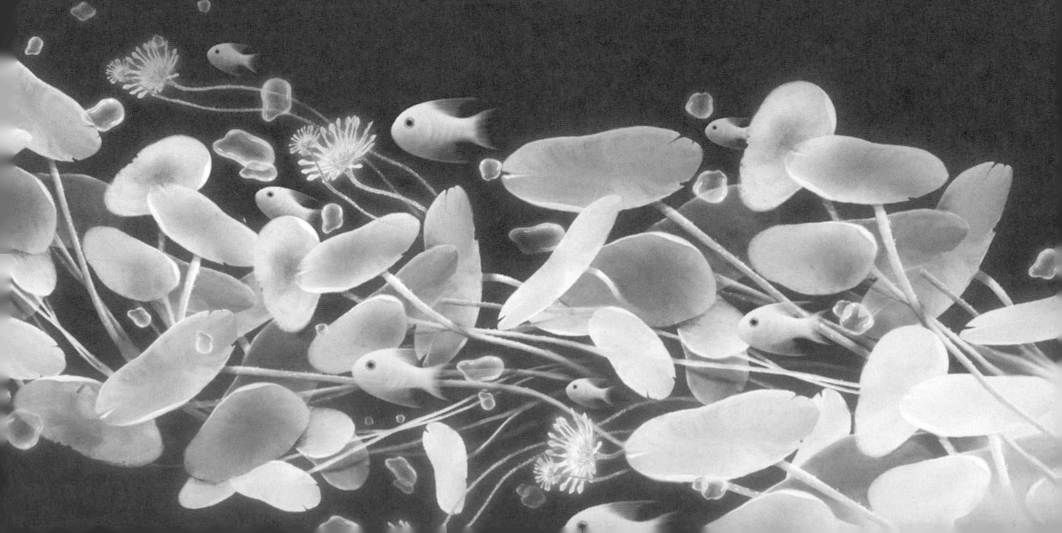

雪卡毒

二〇二〇年第16屆林榮三文學獎・短篇小說獎首獎

那天，我在炸紅糟海鰻的攤位遇到螺仔，他問我怎不回故鄉住，一直問我什麼時候有回故鄉，他一直問。

「幹麼回去。啊你咧？」

他也說很久沒回去，整日在這城市無工閒晃。「閣落雨，透日袂停。」他說起那個誰在這個城市，我根本記不起那個誰的模樣。又一直說好多人的名字，我串不起來那些人，聽到最後連我自己的名字都覺得陌生。

「閣袂停。啥時陣欲停？」

他繼續說其他的名字，那些從我的村莊搭乘銀巴士來的人們，一一點名。

「講完未？你講完未？」螺仔的眼鏡上都是雨滴，回了我：「啊？你一个攏無熟似喔。」

紅糟鰻、一些炸物、阿給湯與兩碗滷肉飯。螺仔不斷地吃，將滷肉飯添上超多辣醬，國小時他就這樣吃了，他都說那個是粉紅飯。除了這事之外，我只記得一件事情，他吃飯不愛付錢。只跟在會請客的人旁邊，做什麼都願意，像是會吃碎屑的鳳螺，也姓羅，大家習慣叫他「螺仔」。

「夭壽，你敢點紅糟鰻喔。」

我夾起粉紅色的鰻肉塊，邊咬邊吐刺，貓走過來。

「你佇遮[1]有交查某朋友無？抑是無交，無交好辦事。我知影幾个同學，佇這个城市做按摩、做全的，啥攏有。」

貓抓取那些碎肉，那些都是牠的獵物，這裡是牠的自然，也就尿在我腳邊。

「閃啦。」我過大的聲音，螺仔嚇到，隨即又露出笑容說：「予你請，我先來走。你慢慢食，慢慢孝孤[2]。」他走時，踢了桌下的貓群，也將貓尿味踢起。

凌晨四點臭得要死，怎可以在這裡吃這些，聞到都快吐了。手機LINE群組裡的老大問大家有沒有看剛傳的AV，然後跟大家說：「臭魚們，明天風浪七，釣魚台旁玩深的，晚上八點。」又要三四天才回到這個整天下雨沒有星星的城市。一口阿給，舌頭燙起白色的上皮，隨即一口酒，涼涼的真好。看手機也沒什麼人好找，半夜四點能找誰。回去還是得綁鉤一些細事，想到就累。

「你是要吃多久啦。」只要看到有人站在攤位旁邊等位子，賣紅糟鰻的女兒就會趕人。她的抹布隨便抹抹，把吃剩的魚刺撥向地上，有些還有魚肉，旁邊的貓靠了過來。那些貓就這樣每一桌每一桌巡，她是牠們的撒糖人，像是每晚都有新船落成的狂歡祭典，撒那些剩餘飯菜骨肉，讓貓吃得飽飽，每隻都吃飽了就不會再靠過來。抹布抹啊，抹向我的位子，魚刺幾根與一些湯水落在我雨鞋，我手裡還拿著粉紅辣醬飯，她沒管那麼多。

「湯還要不要？」

1 佇遮為在這之意。
2 孝孤有祭拜孤魂野鬼之意，日常用語中有較粗俗的「吃」的意思。

她手停在那裡就像是跟人要錢的模樣，我遞給她手上的碗，她將湯倒入還有飯的碗中。

「這樣還要不要吃？」

浮了油光，漁船旁的海也會如此，更像是攤位上那顆又大又熱的燈泡照在她的身上，旁邊散出的光色，不過我盯著看陰影下她的胸部。

好大，好淫穢的形狀。藏在黑色背心的蕾絲模樣，或是，卡在肩肉上的黑色內衣肩帶。我都看得到這個女人。買單後，站在攤位旁看她收拾每一桌，看她每一個彎腰，每一個走動的跳動。

「看那麼久，你是要外帶喔？」她說。

「外帶妳，想要妳的LINE啦，LINE啦。」我說。

「幹，我要你的毛啦。數想[3]查某，你豬哥啊你。」

離開炸鰻攤位後，有幾隻貓舔我鞋上的飯粒、油脂、魚刺。

「這裡的貓連豬屎也吃，跟老家那些貪吃的老人一樣，不知何時吃到臭死毒死。」

那些老人中了雪卡毒那天，我才國中。那尾海鰻肚子很大，隔壁的阿伯肚子膨風也是那麼大，我殺開才知道不是空氣也不是卵，而是胃中有消化剩半尾的笛鯛，我將笛鯛取出。靠我打魚為生的阿公說：「彼半尾紅槽嘛剖開啊。」我才知道這尾笛鯛俗名叫做紅槽，幾年後開始當職業海跤，才知道這叫銀紋笛鯛。殺開那尾紅槽後，內臟很臭，就像壞掉的下體，塞滿的胃袋就是禮物，一打開是糜狀摻雜螺仔殼碎片。

「唉唉唉，這尾海鰻都吃你螺仔耶，啊螺仔都吃什麼？」我問螺仔。

「魚屎啊、海菜啊、肉屑啊、屍體啊。要不然吃西瓜喔。」我還記得我的笑聲也是糜狀混雜螺仔的髒話。

螺仔說得沒錯，那些老人是吃到臭死毒死，但老人們搶食紅糟鰻的模樣，像是流浪貓吃到大塊的魚肉，圍在那盆炸魚前吃啊，笑啊配酒啊，暈得身麻是酒醉也是神經毒。

漁港的貓群圍在船老大旁邊，乞食那些煙仔虎、竹筴之類的餌魚碎。

也只有老大會帶這些來，當他走過來時，遠遠地，貓就圍聚過來。釣客、船員圍聚在老

---

3 妄想之意。

大身旁，貓也不會避走，吃那些魚碎或舔自己的手腳。船員搬上搬下，釣客有些會先開喝，也有些會爭執釣位。這種遠的釣程，一個釣客都三四竿，釣位不對會影響釣果，老大都跟他們說：「大部分只是運氣。」

「好運歹運也是差了一兩萬。」這種事情大家也知道。一次出去三四天，會釣遠的人，要不就是職業釣客要不就是瘋釣的。一群釣客歡歡喜喜，相互幫忙搬上搬下。等到全部人都搬好，準備好了，老大才會停止逗貓，揮揮手叫助手把船發動。每次行程都差不多，成員不同，但對話跟活動都是那些，講女人、喝酒，船員海跤不就是幫忙綁餌或是先小睡一會，等等開始中魚就忙得要死。

最怕中魚時與隔壁釣線相纏，幾次的衝突都是這樣，都是搶食的模樣。

那些老人毒死的那一天，阿公與他們最後是搶食那尾紅糟鰻。

「這些魚如果能用毒的上來就好了。」「靠，不怕毒死你喔，良心咧良心咧。」

「安靜、Quiet。」這句話總在看遠方有無日本的防衛船時說。如果沒有怪異的燈號，大家會開始作釣，放下餌，許多電捲同時啟動，像是盛夏蟬鳴，很吵，會令人不耐煩，大家開始點菸或是看一些AV或是抖音什麼的，放線到釣魚點大約要半個小時，當到點時，大家會安靜，卻還是會有電捲的殘響。這時看到日本防衛廳的船，就得快點收，也不管線會不會纏住，邊收邊跑，有人固執不收不跑，被水砲攻擊或是被帶走。

接下來的活動就是開始收線、卸下魚鉤、上魚餌，一次又一次。偶爾會有高階的訂單，就得由我來釣，從五百米的深海慢慢捲，讓金目鯛別因為壓力導致眼睛起水泡或是內臟受不了死去。如果是一般的，隨便釣釣就好。

背深紅腹粉白的金目鯛，牠還在甲板上跳時，將其鰓剪一刀，由鰓蓋抓住向上一折斷脊椎，牠動也不動，丟入常溫的海水，魚血染滿了海水，顏色就像牠的體膚。一尾一尾地做，血水會愈來愈濃，濃到魚體的血水放不出來，就倒在甲板上。

有一次，印尼海跤就把這些血水倒入海中，老大就罵：「幹，你不知道這會有鯊魚，有鯊魚這些人釣屁。」看印尼海跤聽不懂，「Blood，Shark。」除了釣魚，這些旅程就是不斷重複迴帶的對話電影，從哪一段開始看都類似。但最後一天大家都會喊無聊，講的垃圾話就愈來愈歪，我想起炸紅糟鰻的女人與她的乳房。

卸魚、幫忙搬上不知道往哪個城市的魚車。我開我的銀色貨車，載特殊處理的高階漁獲往深夜的魚市前進。

螺仔都叫我這台車是「銀Bus」。「出去打拚銀Bus，轉來風神黑Benz。」小時候都這麼講，出外的總是很好地生活，在老家的那些人也出不去。

手機開機之後，螺仔傳了色情的怪異的圖片，「單身狗，讓你看這種日本好康的，釣回來聊聊啊，再帶你去摸真辣手的。」這則複製貼上留了不知幾則。

最後他只傳：「來電。」我已讀不回。

身上有濃郁的魚腥味混汗酸，是屬於這個地方的，誰也聞不出來，除了一些廚師、遊客摀住口鼻或戴起口罩。賣特殊處理魚貨的攤位就在炸鰻攤對面，卸下漁獲，工作就只剩下把車開回去漁港。

她每晚工作都穿一樣的挖背背心。我一樣吃紅糟鰻、滷肉飯、阿給湯。吃得很慢，她也一樣會來趕。

「你佇遮喔，是按怎，四點就愛佇遮徛哨[4]就是囉。訊息是敢有看著啦？」

原來是螺仔。

「無看是無差啦，好康的啦，你這幾工免出了吧，對我轉去一逝。」

「是要幹麼？」

「無按怎，駛我的黑Benz轉去踅踅[5]毋好嗎？恁老厝閣佇咧，無拆吧？」我沒有回答，我停在她彎腰洗碗的模樣，紅色的內衣。

旁邊魚攤一盞盞包紅紙的聚光燈照了紅色的內衣更紅，喧鬧嘈雜，氣味紛亂。我聞到我自己的味道，覺得早被攪爛的紅糟鰻在胃中復活。

「你有咧聽無？」

沒，那是尾被折首的金目鯛，在我暗無光的胃裡，用能反映光線的眼睛觀看；在深海中紅色的皮膚而成黑暗。牠游了上來，已成那些貓群吃的魚碎。

4 站哨之意。
5 踅踅為晃晃之意。

「毋管明仔載幾點，你睏甲飽，睏飽敲電話來，我再去載你。你這擺轉去，共恁老厝處理一下，咱看覓會當賣偌濟[6]。賣厝有錢，啥㴘查某你攏通耍啦。紅糟鰻彼个大奶的，到時你就耍甲棄嫌。」

隔天，螺仔開了C320，穿了緊身T恤與西裝外套，掛條金項鍊，邊開邊說這台車原本功能是怎樣差，你改裝後馬力扭力怎樣變，什麼電腦、排氣管、大小包都改。

在隧道內，車的排氣管成了轟鳴。出隧道後，沒看到海，只看到泳裝女郎躺在沙灘上的廣告以及遮住海的度假中心。接下來的景象就是一樣的海，車沒有前進，只是景象在後退。

當我看到紅色噴漆噴誠徵臨時工，下面電話卻已塗抹掉時，我知道又近了故鄉，但又到了跟故鄉類似的村；又或是經過一個漁港，卻沒有船，那又是個類似的村。這裡的人只能捕魚或是當城市的臨時工，不夠先進，總該被消滅的。我正這麼想的時候，就看到我故鄉的建築。

一下車，螺仔就說這個地方聞起來就像潮腐的木頭，我覺得更像是蔭臭的蚵仔，「像我的味道？」

「不像你啦，你有洗澡，香香的香香的。海邊的味道都一個樣。我們要去下個點了，你上車睡覺，下車尿尿沒？」螺仔說。

我們在我老家的石板磚瓦尿，每個路過的人都在此尿。

尿完就上車了，在更南方的觀光漁港吃飯，在那等我們的是建設公司的長官，先點好一道「黑鮪生魚片」、一道「清蒸龍膽石斑」、兩三道肉類，菜色與地方一樣陌生，只記得灌酒，只記得說要怎麼改變故鄉，就是先轉移土地這些無趣的事情加上願景而已。模擬的圖像蓋起像未來太空基地的美式購物型飯店，不止一棟，各個建築都有願景與名稱。我的故鄉要變成幻想的樣子，我與你坐著那台黑Benz，如同坐在銀色Bus帶來幻想。「吃不夠，再點再點。」再去點了一盤藤壺、佛手與石鼈，吸吮佛手、啃咬石鼈，戳食藤壺的肉。又點了些龍蝦，幾隻抱卵，蛋熟了，用筷子撥下，將頭扭轉，我不打算煮湯，用湯匙將裡面的龍蝦內臟挖出來吃，那些挖出來的內臟就是最骯髒的一塊，好甜好甜，其他的肉就給螺仔跟他吃。但沒有點紅糟鰻，這附近的餐廳都沒有。

6 偌濟為多少之意。

「不愧是在地的，你吃那像是甲蟲的東西叫什麼？」「石鱉啦。」

「那不會很噁心嗎？有沒有毒？你們還會吃石頭捏？」他說的是藤壺，我沒有回。「不過，你吃抱卵的龍蝦，吃那個好嗎？沿途路上不是說環境保育嗎？」他的牙籤挑出菜渣，亂彈到不知哪桌。

「靠北喔，長官你毋是嘛有食，保育說一套，我們的肚子也要保育。房子也要保育啊，保育啥潲，直直保育是按怎進步？好食就好了，緊食。」螺仔把龍蝦的卵泡在米酒中，混加蘋果西打給長官喝，兩個互看，那是男人的笑。搖了杯子問我要不要，我沒有回。

螺仔帶路，帶他們去我們的故鄉，這幾年他們應該來得比我多次。當然不會說什麼文史。螺仔又開始細數哪些人他認識哪些人他已經打通關節。「這個啊、這個啊。」用手肘頂我，那是我以前喜歡的女子的家，跟我家一樣破到只剩骨架。

「按怎啦。」「伊佮咱相仝[7]，住佇彼个城市。」

「你們這裡的人，誰還會住這？」長官說。

「我是要跟你說她在哪個半套店。」

兩人互看，那是男人的笑。笑聲除外，也聽到從都市運下來的怪手，挖取鏟除的聲音，像是鐵鍬敲起岩壁上的石鼈。胃開始不舒服時，還在聊還剩幾個人沒有簽。我跑進那個誰的家，沒有門，還是找了廁所，馬桶裡面積了雨水，底部已經滿是青苔，地上的小圓磁磚變得更褪色，周遭也被藤蔓綑綁，我跪在馬桶前吐了。嘔吐物是水泥色的灰。

「還要往前走嗎？要不要看看開怪手的同學？」

一同乘坐銀巴士的人，也回來了，沒搭上回程的銀巴士，都開了自己的車來了。怪手的履帶聲、螺仔的黑Benz發動聲與銀巴士到站煞車聲響重合。

巴士上都是老人，洗腎高血壓癌症，「治不好了治不好了。」螺仔在說這個城鎮的未來，也像是那時老人集體食物中毒醫生說的話，「啊到底是吃了什麼？吐成這樣。」沒人回答，我也沒回答。城市的醫院塞滿集體中毒的鎮人，螺仔有個技能，他可以聞到人快死的味道，他也不知道他有這項技能。只不過他偷拔那些老人的戒指手鍊，過沒多久那些老

7 相仝為相同之意。

人都會死掉。

在往飯店的路程，停下來讓我吐了好幾次。

從故鄉沒開多久就到了號稱是南歐風的飯店。「海邊的建築就應該這樣。」我對我自己說。

走去海灘，沒有海漂垃圾的乾淨海灘。

「唉，你是怎樣，住到城市之後，回來還要住這種城市人在住的飯店喔。是怎樣，沒有家喔。」坐在救生員椅上的A說。

「沒家住啊，你最好不知道，要不然你家給我住啊，睡你旁邊好了。」

「你出去多久了？」我不知道為什麼都得將這裡當成回來的地方。他也知道我阿公死後幾個月，我國中畢業就離開這裡，雖然沒人送別，不過這麼小的城鎮什麼都不用說，也都說完了。

我裸足走向海浪與沙灘的交界，穿著西裝褲與襯衫躺在那裡。潮來又落，幾次幾次就靠近脖子一點，等到已在胸前，我才感到睡意。

「想睡了。」我說，他笑了出來，他說你是被海鬼拖走喔，雖然我們兩個都知道這個地方沒有這個傳說。

「海鬼？」我問。

「沒那回事啦，隨口講講的。」

他還是叫了醫務室的人，我躺在擔架上到醫務室，稍作休息。A打了通內線，問：「還好嗎？」又說以前和他常去的潛水點已經不能去了。我記得那個潛水點就在這附近。

晚餐依舊是飯局。還召了個女人讓我帶回房間。做了一次像是活著的性愛。那女人很緊，不管是擁抱或是性愛，會令人痛的緊，像是海鰻纏繞魚槍往上攀爬至手，緊咬緊纏，直到血色變成蒼白，直到血液以及精液。

跟她再一次性交，卻不再有那種感覺。我側身打開落地窗，站在陽台旁，在這看得到以前的潛點，海下透露出燈光。此時，服務台打來說先生別在陽台旁抽菸以及記得穿上衣。我不斷回好，問了他那海下的燈光是什麼？他仔細地說是幾年前蓋的海底教堂，從地下室三樓可以過去。

「今晚已經關閉。」

「那裡沒有潛點了。」A是這樣說。

吃早餐時，我將開發授權同意書簽妥；只等待環評，環評過了之後，我就打算將那房跟那些地賣掉。螺仔約我再回村子走走，幫他勸幾個老不死的，「我不要，我要回去了。」

「回去哪？你家？哪個家？」螺仔問。

真煩。

等待回都市的巴士，等了兩三個小時，我錯過了唯二的一班；直到螺仔又經過此處，載我回去。螺仔開始說這次開發案能帶給我們多少利潤，我的部分大概三四百萬，然後幫我幻想三四百萬能做什麼，其實三四百萬買不到什麼，買不了幾坪地，「三四百萬會當買船。載一寡人釣魚，若無，駛靠倚中國彼爿，走私鮑魚、菸嘛好。」又說叫人賣房可以拿到多少，但勸了多少人他沒有說。「賣掉故鄉嘛好趁好趁。」我說，他笑笑。

「當作好賣喔，勸你遮的人莫講甲我若像是抓耙仔，蓋無良心的三七仔；大家攏知知啦，這就是生活，你生存就愛錢，活袂落來講啥懷念故鄉，講啥歷史，你連妹仔攏無錢虧。讓你一條明路，訕洗[8]我你就蓋高尚，無啦，攏仝款啦。」

他開了窗，隧道的熱空氣帶了點油酸。我們都是同一種人，反駁也說不出我自己的道理，想吶喊說我不是這種人，但我也只能讓自己老家不像是家，跟隧道一樣只有暗黃光照灰白水泥，成了只有黃昏的世界。車窗上又看到我自己的臉，穿起不相襯的襯衫。直到出隧道前見到了光，我這種人又回到城市。

想起昨晚的女人好像看過，但已不記得她的臉，我是什麼都不記得了。

他放我在港口的宿舍邊，一台換檔聲音特別大聲的銀色巴士正要出站。正要返回我的家鄉，返回又折返。

「晚餐要吃啥？你該不會要去吃紅糟鰻吧。那家紅糟鰻是多好吃？怎每次你都在那攤，煞到人家大奶喔。」下車前問。

城市的味道跟現在的老家一樣臭。

8 嘲諷、嘲笑之意。

「幹，臭死。跟昨天那個女的一樣臭，你有沒有聞到？我吃她那裡，後來喙攏麻臭麻臭。」螺仔說。

「啥？」「你昨天玩過那個啊，我繼續玩啊。那你同學耶，你沒發現？」

「我按怎發現，按怎認出咱同學，同學一个閣一个，伊的面共誰無相同，攏是厚妝全攏色彩，認袂出嘛無關係。咱故鄉攏出咱這款人。戇直的人留佇遐，無錢無成就做粗工；擋袂牢彼个所在，半死無活的空氣，親像中毒麻麻地活，咱走出去，本底想風風光光歸轉。誰知故鄉猶原，人也猶原，等待無底，也走無處覕[9]。」

沾染了不知道是魚市還是自己的魚腥。老大在LINE群組中標註我，交代我明天要出航，想確認我是不是活著。明天清晨六點要出航，一樣是三天遠航，目標依舊是金目鯛、黑鯥這類深海魚。上船前，我會去便利商店補一些菸酒零食，這麼早的船班，會再去吃嘴饞會想吃的食物。

「少年仔，數想食啥物？」「有佛手嗎？」快炒店大姐知道有佛手這種東西，但她搖頭。我點了盤漬蜆來吃。生蜆浸入蒜頭、米酒與醬油中死亡，每顆吸滿湯汁，我吃了溺死的牠們。一盤不夠再一盤，柔軟的貝唇小小，舔別人身體的每個突起。這仍然不像是佛手，沒有蝦蟹味。

「有生的蝦或螺嗎？」沒有。打包些醃漬蜆的醬油走，我彎進旁邊的魚市，買幾些胭脂蝦與鳳螺，丟入漬蜆醬油的袋中浸泡。走到漁船旁，老大早就到了，餵貓、搔貓也就懶得理人。吃醃漬的胭脂蝦，很甜帶些許硫磺味，卻解不了我的饞；我拿了一顆還蠕動的鳳螺，用嘴吸取咀嚼，脆甜的螺肉，而後帶來嘔吐後胃液的苦，轉出類似蝦蟹的甜。又吸了一顆，老大聽到了我吸螺肉的聲音，靠近我拿走了一顆還在動的鳳螺，取餵貓的細碎魚肉餵鳳螺。

「是有沒有看到這個螺吃什麼東西，這吃屍體的，你還能拿來生吃，想死是不是。」

我把那包醃漬的醬油鳳螺與胭脂蝦放入冰箱就開始工作。船晃晃搖搖到釣魚台旁。天熱得沒什麼人想釣，像我這種海跤就得指導外籍船員開始放線或是備釣餌，無風無浪也沒有

9 蜆為躲藏之意。

魚，卻好想嘔吐。

在海旁嘔吐邊有小魚會在旁邊吃，那是最好的餌。

不斷地吐，吐到老大都來幫我拍背，邊罵說吃什麼鳳螺。吐到大家也不再理我，開始作釣。

停止嘔吐時，老大指示魚訊要大咬了，指示我必須作釣特製的魚貨。

一竿下三十分鐘，一竿上三十分鐘，慢慢地將氣壓調整到金目鯛與黑鮭能活且不爆眼的狀態，然後一手折斷牠的頭丟入微冰的海水中，水中的血液變成血霧直到整桶的紅。

用到一半，我好想吃活活的鳳螺。忍受不了，我打開了裝滿啤酒、保力達的冰箱，拿了那袋螺與蝦，拿了一顆螺不吸，咬碎，一樣的甜一樣的苦。那顆螺不可能在那麼冰的環境還活著，邊想邊吃下一顆，卻感受到螺唇的蠕動，像是自己被舔起的那些突起。邊咬碎那些殼吞入，也邊將金目鯛的脊椎折斷，瞬間深紅色變白色，把魚體丟入冰海水中，牠又轉回深紅。

「夭壽，紅皮刀又活起來了喔，皮膚又紅了起來。」我指了冰海水，釣客就知道是因為溫度的關係讓牠體色轉變。我嘴巴滿是鳳螺，也滿是血腥味，鳳螺的殼割破了嘴，那些味道好香類同於家鄉常有的醃佛手。然後，我就不再吐了。

仍然感到嘴麻，臭女人、臭螺仔。

到港後，卸魚，載魚往魚市去。走走停停到交貨的魚攤，卸下了貨。瞟向對面的她，一樣的挖背背心與身體。停在交貨魚攤旁的暗巷看紅糟鰻的她蹲下洗碗、彎腰擦桌，又有時急忙追沒找錢的客人，那跑動的乳房抖動。就算在眼前可以看到，也閉上眼不斷地想，如果有人這時將我的眼瞼打開，一定會變成像是金目鯛一樣空洞的黑。

我看到她將黑色背心往上脫時，雙手往上拉起衣服蓋住臉，露出淡紫色內衣，內衣不是新的還帶漿的模樣，是舊舊微黃的。停在那個瞬間，我手搓弄自己的陽具。閉上眼時，外面的光紅黃亮白，她還是在那，能聽到她對客人大喊或招呼。她依舊在脫衣服，直到連短褲都褪下，露出不成套的內褲，我才停下幻想。張開眼看後照鏡，我的瞳孔看不到底，反射起自己在鏡中的眼神。

金目鯛有反光的眼睛，為了吸納最大量的光線，獵食時可以找尋任何獵物的一瞬反光。

在近乎真正的暗黑中，看到一絲可以滿足食欲的光。

那些貪吃的老人，包含我阿公；螺仔、我、銀巴士上的人們似乎都圍繞在這，無光的地方看。

走過去紅糟鰻攤時，沒幾步路卻圍繞了許多狗貓，牠們舔我的包包，包包裡的醃漬湯汁滲透出來，同時浸泡起包包內所有的東西。拿出那個破掉的塑膠袋，將裡面的兩三顆鳳螺拿出來，將塑膠袋丟在旁邊。狗與貓沒走，舔向我的小腿，將那些湯汁舔完，而我的腿更加地黏膩。點了一樣的東西，她送餐，我問她要不要吃鳳螺。我坐著看她，分不清那種眼神是瞪還是什麼。我整理起我濕透的包包，拿出那疊被醬油沾濕的貨錢。

我站起輕聲在她耳邊想跟她說這些都給妳，妳讓我幹好不好。我沒有說出口。我想跟她說我快有三四百萬了，妳讓我幹好不好。

我才仔細看了她，也描述不出她長什麼樣子，就是個普通粗俗的女人。

我又坐下，等待紅糟鰻那些上桌，把所有的鳳螺放入嘴中咬，嘴內的傷口被搔癢，那些鳳螺還活的嗎？會不會從我食道爬上來？

「那袋醬油流成這樣，很髒耶，這你的喔？」又再一次從下往上看她，想從貨錢抽幾千塊塞入她乳溝之間，我拿出了錢。「好多錢喔，哥哥這你的喔？」她邊擦桌上滲出的醬油，能聞到她的味道，油煙與菸跟她的味道。

「這裡都給妳，妳要不要跟我恩愛一下？」

抹布停了一會。

「好啊，好你去死。」

但我拉住她的抹布，我手抓住抹布，濕又油像是海草，擠壓後出現各種食物的味道；好想舔她；好想舔那條抹布；好想舔我自己的小腿。我知道我勃起了。我也知道她打算趕人了。我放了一張一千，轉身倚靠在她身後，褲襠碰她的屁股。

走到車旁時，我看她一眼，她看了我，她的瞳孔吸取所有光線變成那些鰻魚躲藏的礁洞。我好想拉出那礁洞裡的鰻，不，我想進入成為她的鰻。這才是真止的欲望，我的嘴唇跟手指還是感到麻痺。

蹲在車旁嘔吐，想將內臟嘔吐出來的力道，魚攤老闆抓了一條我折首的金目鯛過來問我要不要緊。那金目鯛的眼反射了我嘔吐的模樣，那銀色的眼就像是銀巴士的鋁銀，反射了所有，扭扭曲曲的。我的模樣不是現在的模樣，甚至不能說是我的模樣。

渙散，一時聚焦在吃紅糟鰻的人，油膩的嘴拉出白色的刺，內裡的肌肉組織咬了一半，像是那尾被鰻魚吃的紅糟笛鯛。

還是在吐，吐到只剩下水，吐到沒人理我。我看自己的嘔吐物，漿體與食物，但那些鳳螺的身體許多咬痕，不斷抖動，有些揹著破碎的殼往前行走，更仔細看，那灘嘔吐物滿是糜狀細長的白色小蟲，返入吃食那些嘔吐。

「你知道螺仔都吃什麼嗎？」「魚屎啊、海菜啊、肉屑啊、屍體啊。」

躺在嘔吐物中時，好多人圍住我。「酒醉了酒醉了。」又散去。也不知是誰叫救護車。醫生診斷只說是雪卡毒，他也不知道吃了什麼會這樣，更準確地說他不清楚我是雪卡毒在食物鏈積累過程的哪一層吃到，螺、魚，或其他什麼。

住院幾天，螺仔都沒來找我。他也知道自己有死亡的嗅覺，也是我沒什麼好偷的。

「有什麼消息嗎？」我傳給螺仔。他用語音回覆說：「另日，轉去看覓。」

「閣轉去佗位？」「轉去？又閣欲揣查某同學，讚喔。」我說。

是哪天要回去。我看了老大的船班表，我跟老大說我要休息一下，吃壞肚子。

老大傳了保重喔的可愛貼圖，順便傳了個釣魚的影片。我邊看邊說「魚該拉起來」，同時電捲開始捲動，唧唧叫。慢慢地慢慢地，跟打魚一樣，太快的話，魚的心臟會爆裂；打魚浮起來太快的話，人會起泡喔。打起那尾海鰻的時候，牠往我手上纏咬，我還是慢慢浮了上來，但哪天我就殺了牠。

哪天要回去，死於雪卡毒的老人們，待在這家城市的急診室裡，一定有想到要帶什麼伴手禮回去，又要給誰。

我也是一樣，我幻想回去那天，要帶多少伴手禮回去，或許要租台黑賓士，或許還是坐銀巴士，只不過還能給誰。想起故鄉的模樣，那麼地美；想起故鄉要變得那樣地美。

「變成彼款的世界真媠，如果變成未來的彼款，真想欲去遐迌迌。」我跟螺仔說。

「了後嘛就會使做遊客，毋是遐村的人。」螺仔說。

「毋過，彼款的世界真媠，如果變成彼款模樣。舊款世界拆光，就來光明再無烏暗。啊新款世界是啥樣，雖然我毋知，毋過，一定親像眠夢。若眠夢清醒，生活敢會改變？」

不知是藥太強，還是毒未退，我講的話不成言語，那張麻痺且貪吃的嘴，這時闔不起來就流起口水，像是沒有聲音的大笑，只好拉起棉被蓋住臉，什麼都停止不了也就閃覓無處，就算清醒，也得眠夢下去。

返山

二〇二二年第18屆林榮三文學獎・短篇小說獎三獎

部落的跨年晚會，最令人期待的大獎，由礦業公司提供，負責這個礦區的爸上台抽出。我在台下看著爸，一身西裝一年只會穿一次，每個人都習慣他穿工作服。他一開口，下面的人都在笑，笑他漢人口音還要說泰雅族語，笑他尷尬的模樣。爸會說今年採量多少、營業額多少，似乎爸最重要的事情是業績公布，那沒人在意。大家更在意的是獎，還有公司會給多少年終與增發的補償金。

頒完獎後，舞台燈漸暗。跟我同齡的小孩不害怕黑暗，只期待倒數時的煙火，新的一年天空不曾沒有光。與爸媽一起看煙火，閃滅持續幾十分鐘，他們遮住我的雙耳。「我能去放煙火嗎？」我問，「不能，妳是女生。」媽說。

那年，媽跑去城市，太多人說媽媽的事。幼年的我記不起太多，成年之後又覺得流言已不重要。

「爸爸，能去看你放煙火嗎？」媽離開的隔天，我問爸。

他的工作服合身卻有幾個破洞，把我抱上野狼，幫我戴上他的黃色工程帽。

「這是火藥，危險喔。」鐵木對我說完，去遠處鑽孔放藥後布線。真的要炸山了。爸叫我躲進小房間用望遠鏡看鐵木，他要玩個小遊戲。「挖呀挖，炸呀炸。炸開的山有沒有水晶呀。」我唱。桌上的無線電發出爸的聲音說：「躲好沒？要炸囉。」這是一場捉迷藏。爸倒數至一，向我揮手口形說不要按引信。他在無線電裡大喊一聲，鐵木嚇到跌倒。爸跟同事有開不完的玩笑，像孩童玩鬧。望遠鏡裡看見爸的嘴放得好大，而無線電裡爸的笑聲跟著放大。很吵。笑聲是從這張嘴發出的嗎？在笑什麼呢？我也一起笑。

「認真，要炸囉躲好。」又一次倒數，爸走到小房間前拍打窗戶，要我按下引信。

按下，爆炸。

沒有戴上耳罩的我，耳朵好痛，好痛。「誰按的誰按的啊。」無線電傳出的聲音不是爸的聲音，不斷地叫罵。爸的哭喊聲，聲音低沉，他很痛吧。他念五四三二一，臉一秒一秒地變，笑鬧的嘴鬆下，他的黑眼圈像是沾水的土，凝結在臉，一兩秒間，他說不會炸到他，淺淺地對我笑，要我相信他的決定。

為什麼爸要這麼做呢？就算過那麼多年，我仍不能理解。

沒人會責怪年幼的我，礦場裡三個男人傷一個，礦區工作只能停擺。鐵木攙扶起爸，而跑出小房間的我，撥開砂土拿起前方的石頭，那是水晶，烈日折射在大人臉上，他們沒有興奮。我手晃幾下，折射的光讓他們瞇眼。

「好好待在這。」鐵木發動野狼時邊與我說。爸夾在兩人中間三貼，後方男人的腳架在鐵木腰際，深怕爸往一旁倒下。我笑，單純好笑，因為我找到水晶，因為我想起與爸媽一起三貼下山採買的時光。我對鐵木說我也要下去，跑近看到爸的左耳被削掉，臉與左耳的接縫冒出血，進入耳道，又溢出。「爸還聽得到嗎？」「誰知道啊。」鐵木大喊，爸抽搐一下。

野狼騎走，又是一陣煙塵。

有人回來接我，那人是爸的親戚，帶我去城市住幾個月。爸與我一同回來，他的左耳已經癒合，卻像是耳道吞入耳殼，可能是爆炸影響聽力，我說什麼他都說嗯喔。那幾個常與爸在礦區工作的叔叔哥哥，講話特別大聲，也聽不清楚。他們會特別大聲地說話，是連自己的聲音都得聲嘶力竭地聽。

爸安靜小聲。

勞安檢查，身體檢查。

「公司配多一點耳塞就好，不要小氣。」鐵木對爸抱怨。

那年停工，部落的人喊說還我勞動權。其實沒幾個男人還想上礦區工作。不給勞動權，給土地津貼。其實很多人都有拿津貼。爸用媽媽的名字與媽媽的小小土地爭取津貼，而公司給他獨有的勞動權，畢竟爸有身障，同時，將媽媽的職位一同留住。

媽媽偶爾回來，跟爸收取一些使用她原住民身分的租金。

摸摸我的頭，媽媽笑笑便走。

爸不想出聲，對什麼都不反抗。我長大才知道，既得利益反抗什麼。

「身分特殊捏。」被解僱的同事喝醉來家裡亂只說這句。他們在礦區宿舍大罵礦業公司，多大聲都沒有關係，畢竟這宿舍只有我們家住。我們沒有部落的房，曾經要用我的名字買，但媽離開、礦區停工，卻只有我與爸還活在礦業公司的庇蔭，哪敢買部落的房。

又過年了，礦業公司捐更多的錢，爸在黃昏時被請上台，舞台的音響都還沒架好，主持人宣布這是最大獎，沒什麼人看，又怎麼會晦呢。抽出來的獎，直接送去那戶人家。爸先說聲對不起。講起業績，聲音咿嗚沒人聽得懂。這次台下沒有人笑，鐵木叫囂工作呢，有人叫囂土地用那麼久不用補償津貼更多嗎。

「謝謝。」爸說。

「謝啥潲。」有聽得懂的幾句髒話，也有幾句聽不懂的族語。

爸在十一點又被叫上台，這一次只是更多人喊罵，爸說那些話會跟公司說。節目結束。

節目開始。

鐵木跳上載滿煙火的貨車，找幾個孩子一同前往，「妳過來。」我不知道他在叫我，直到他叫我族名，沒什麼人知道我的族名。一上車，「她最會放煙火。」鐵木跟孩子們說。貨車後斗裝滿高空煙火：時雨光束、大花、炸花等絢麗名字，男孩腳放在上面，說看我表現。車上的孩子們，人手一袋父母買的禮物，裡頭裝著沖天炮、水鴛鴦、甩炮。有人說要炸樹、炸玻璃，有人則要炸觀光客的車。

我沒有問爸能不能去放煙火。我已經長大，可以自己做決定。

「沒人喜歡妳，要不然怎沒女生要跟你玩，才被叫來放煙火。」誰說的？我認不出聲音，但真的沒人想跟我玩。

到廣場後，我們一群孩子將煙火擺放整齊，讓放煙火的人好放。誰放煙火？我問。「妳啊，妳專業。」他們說。「你們去旁邊玩。」鐵木對那些孩子說，把我留下。他遞來護目鏡、過大的安全帽、教我怎麼打開噴槍，從哪裡點燃引信。最後給我一件雨衣，我說我有羽絨衣再穿雨衣很熱，不想穿。

「隨妳，去旁邊玩吧。」

走往那群孩子，「可以一起玩嗎？」我小聲地說。

「好。」甩炮炸到腳邊，那不會痛，打到身上沒有感覺，只有羽絨外套沾了些火藥粉。十一點五十九分。我轉開噴槍的瓦斯，將火點起，五四三二，點燃引信，一爆炸，聽不到新年快樂Happy New Year。「不要等待。不要看煙火。繼續點燃。」他說。跨年的煙火不能冷場，要像是礦場炸石，沒有間斷。點燃到第七組時，耳鳴，火藥炸開的聲響與煙火在空中的小氣爆，都變成嗡嗡聲。

相互穿插，竄上，爆炸，點火的我無暇觀看。能喘口氣時，煙布滿周圍，難以呼吸。

「很久捏，不用錢喔。」我耳鳴還聽得到旁人的話。一發又一發，他們仍然抬頭看著，我想跟他們說這些是公司送的。但幹麼說，他們都知道呀，每個月補償金固定入戶。太吵了，我說什麼沒人聽得見。多少爆炸聲，耳朵習慣後不再耳鳴。彎腰繼續點下一區煙火。

點到廣場中央，最後幾發我與鐵木相遇。他講話，沒一句能聽清楚。

點燃時雨光束，在四樓處炸裂。

我搖頭，口形說我聽不到。他笑，拿下口罩滿嘴紅紅黃黃的牙齒。

再說一次，口形是族語，他嘴巴刻意張大，他從口袋拿出耳塞。

「忘記給妳。」把耳塞交到我手上。

「蛤？」還在耳鳴的我回。

「新年快樂。」刻意字正腔圓的國語，他說。

煙火結束，旁邊的孩子把炸爛的盒子集中，用沖天炮炸過去，把垃圾炸起沒什麼有趣。我跟孩子說，將幾十支沖天炮的火藥拆開，集中在炸爛的紙盒，「這樣很好玩喔。」我說。又放幾十支沖天炮，只留炮頭。點燃幾個水鴛鴦放入後幾聲炸裂，紙盒炸起剩餘的高空煙火與各類火藥，在空中地面與人身上冷卻。

鐵木說別這樣玩。

從小在礦區看鐵木與爸，將巨石鑽出小洞放入雷管，巨石碎裂成幾塊大石，看石頭的切面有無晶體。往往巨石被炸藥細切成灰，他們兩個才罷休。爸教我哪個角度能把東西炸得四散，他說些英文術語，聽不懂也沒記起來，我記得留些氣孔，將火藥留中間，點燃時不要害怕引信，不要害怕才來得及躲。

「我從小就這樣玩。」我說。旁邊的孩子學我又玩一次，將沖天炮朝向我炸來，幾支鑽入衣服，幾支射到自己。蹦小小聲的，在胸口炸裂會痛，但好癢好癢。鐵木對那些孩子說幾句我那時還聽不懂的語言，所有人都離我遠一些，像是要點燃引信與特製煙火的時刻。都是無法信任的。

我脫下羽絨衣丟入焚燒垃圾的火堆中。好冷，只有我一人烤火。空氣酸臭薰人，我流淚乾咳。爸來接我，我跟他說很好玩。

「這我炸的。」

爸打掉我手上的打火機，很痛，痛不止一次。

一巴掌，鐵木抓住他的手。「是我讓他玩的。」

爸咿嗚，那聲音我聽過。

又一巴掌。

沒人阻止爸的施暴，他們說那是教育，一拳一腳，痛久變成熱麻。我的下腹痠軟，時而緊繃，不是從外而來刺入的痛，那來自體內的我，羞愧、自辱。

流出來了。如藤蔓下爬直至腳踝，成水一灘。我癱軟其中。

上車前，將自己座椅放滿衛生紙。到家後跑進廁所，內褲上一灘尿液黃垢。那晚，媽打電話來問過年好玩嗎？

不好。我回。

騙妳的啦。我又回，幾聲乾笑掛上電話。

那年夏天，我轉學到城市。

爸仍在山上看顧封礦的山頭。「走。」他說。「滾。」他說。

我本以為在部落的生活已經夠孤單，我跟爸說過幾次我討厭在部落。他叫我等。等到國中，部落的孩子都得離家，去不是那麼山的地方念書，只有週六有車回來。當爸說要去更遠的城市念書時，我好開心。不用跟那群人一同念書、搭車、住宿舍，一年只有見過年幾天。

在山上有什麼未來呢？部落的人都知道這點，孩子國中後往外送，最好都不要回來。離部落愈遠的人愈有成就。當長輩說著從不回來的子女，在美國啊在日本啊在台北啊，臉上總帶著得意，得意自己的子女勝過周遭的人，還是對自己編造的故事沾沾自喜。城市在那，部落在這，最好在看不到部落的地方成熟長大，變成城市人的口音。

怎可能全部模仿如同土生土長，我們都長成拼裝歪扭的模樣。

我哭著說：「爸你一個人怎麼辦？」我早知道離開是必然，甚至愈遠愈好。要讓我好走，爸才冷淡。我的眼淚卻停不下來，爸說：「像妳媽一樣走掉。」我止住眼淚，一切都聽爸的安排，在看不到這座山的城市裡讀國中。

「過年記得回來。」他對我說。

一年都得忍過年那幾天，還好只要忍那幾天。

一到寄居處，媽說要為我接風。接風是為了炫耀她過得不錯，帶往一家外觀是恐龍的吃到飽餐廳。部落沒有這種餐廳，餐檯上的大盤擺滿各種食物，小小的肉、大大的麵包，媽說得吃得精巧才能回本。而我吃幾片顏色繽紛卻過甜的蛋糕，說好飽卻被媽笑說怎麼連吃都不懂。餐檯後的布景，最大隻的綠色暴龍噴煙，火山口上幾張紅紙條被乾冰噴起，冒出幾條紅光。那時，我的血才真正流下，媽與她男友說如何回本吃Buffet，我奔向廁所。脫下短褲，鋪上厚厚的衛生紙。

媽問我怎麼了吃壞肚子，又是一陣笑。我不想跟她說月經。在她男友的車上，我夾緊大腿，總覺得大腿潮濕，摸向大腿內側。擔心血染上車椅，坐不安穩。手的味道如同剛吃的那塊難以咀嚼的牛排，肉爛了卻還是血腥。回到家脫下褲子，沒有沾染。但隔日醒來，經血漬染床面，我用棉被掩蓋，下課後用肥皂洗掉棉被的血，用牙刷刷起床面，怎麼都不會乾淨，仍留著斑斑血漬。離我最近的媽媽，忘記我慢慢變成女人，在她心中我還停留在她離開部落時，矮矮小小還愛她的女孩。

「但有任何困難，不要找她說。在城市，妳得獨立長大。」我對自己說。

「還好嗎？」爸打來。我回嗯。下一通電話媽打來的，問還好嗎？

「不好。」我回，我掛上電話。那次之後，媽每換一任男友都說要跟我吃飯，卻沒有一次成行。

每個月生活費細細劃分，要跟上同學們的各種風潮，我壓低餐費。為了得到獎學金、得到加分，自學族語。那年還沒有族語老師，城市裡沒人與我對話，說那是母語，但我的母親早已離去，我的故鄉沒有我要說的語言。發音奇怪，還在認證時，被面試的老師嘲諷：

「好好加油ki，找人多聊天啊。」ki是語助詞，沒有意義。後來在城市只要遇到族人，我講完話後總加個ki。

身分受到排擠、嘲弄、被忽略，考上第一志願，還得聽幾句酸言。習慣就好，我這麼想。不管在哪，都像是局外人，我是漢人礦工之女，我是原住民，我是什麼很重要。本以為回到部落跨年那幾天，才會孤單一人。不，到哪都是。處處都得學習如何融入最多人的局，然後低調無聲。

「爸，我何時能把姓改回來？」那時的我想得單純，以為母親的姓改回來，一切都會變好。「誰說能改。」他回。我們爭執，我得等到他存到錢用我的名字買地，得等我用這個身分考上大學。隔天，爸帶我去礦區，指向那幾塊地。都是鬱綠我分不出地界。我指向遠方，說那是媽媽的部落。

我根本不知道媽媽的部落在哪。

「qalang。」他說。但我發不出q。爸是漢人，記起幾句媽媽說的泰雅族語。我很少說族語，但我不想像爸一樣只會說幾個單字，便自以為不那麼漢人。考過族語認證，當上族語老師，我還是發不出正確的q。

像個漢人，很難，像個泰雅族人，很難。但每個人指著我說的那些話，明白地跟我說要像他們就得如此。成績、政治、穿著一一模仿。大學時隨著山地服務社回我的部落過年，與孩子玩時，認識我的家長還會說讀大學回來服務喔，不錯喔。社員常對我說你們部落滿先進的，只可惜山頭被挖掉。

挖掉山頭的人是壞人。我理解選擇站在哪方，並不是將好人壞人所說的話都聽入耳朵。壞人的語言是毒、是咿咿啊啊只有聲音沒有意義。

但好人說什麼，其實也沒多重要。

我才知道爸面對任何人，話都很少。對我也說不出能好好聽懂的句子。爸話說不清楚都推給炸壞的耳朵。

沒人要聽，爸不想聽。

要當個好人，才有好的人生。反對反對再反對，我去自己的部落時，務必激進務必瘋狂，我像是異教徒宣示改信，要人相信我，同時展現我相信他們，想變成他們。於是抗議時，我站在正義的那面。一有空，隨環保團體站在礦區的鐵門，或隨居民衝撞，過程中流血不曾感覺到痛，偶爾抬頭見到被我們想成壞人的工人，曬到微紅的黑皮膚與疲累的黃眼，像是見到爸。

「我做的事都是對的。」我常跟爸說這句話。他聽到這句話發出嘖聲，而我會回，「你幫過我什麼？爸。」沒幫過我什麼，我不能在藝品店說巨大的紫水晶是我爸採的。

我幫我自己像是個誰，模仿你們，我能變成你們的我們。暑假又回到山上服務，我搬離與爸同住的家，住在部落。在名為服務輔導的活動中，聽族人的孩子說族語，我聽得懂，但說不出口。畢業後當個族語老師，只敢在教學時開口說族語，「族語音標我看不懂啦，到底跟英文的差在哪？念起來都不一樣是要怎麼學。」剛上完英文的國二生說，他不斷地說要不是考試才不想學咧。說完這些，趴下睡覺或寫其他科的作業。我用注音標起羅馬拼音的音標，q標成ㄍ，他學族語三四年，單字記不起幾個。問他學泰雅族語之前學什麼，學閩南話呀，台語呀。「q，喉塞音。」我念一次，他不理我。

又一次q，再一次。「不要亂。」我大聲吼罵。

他才勉強地發音，刻意發出幹。我好想拉出他的舌頭抵住懸壅垂，叫他發音發音發音。

「都多少年，妳還發不好。」媽說。

二十六歲了，發不準確的音沒有藥救。

二十六歲了，爸媽各自的語言，我只會聽不算會講。交往過的男人們，說的都是類同於爸的台語口音，「聽無妳講的，妳毋是相參、雜種？」他們說這些總會笑。交混的是血緣，不是語言。跨年回部落，才會聽到不同語系的族語，是陌生又熟悉，他們講的我無法插嘴，我說的話或他們說的都變成聲音，沒有意義。

「假原住民啦，假Tayal啦。」他們說。

咽在口中的族語，卻是上課的教材範本，我說不出口。跨年過年才回部落的人很多，不會講族語的人更多。「我已經反對礦業開採，為什麼還是針對我？」

「才不管妳會不會說族語啦或是妳現在站在哪邊。妳爸做什麼的，自己清楚。妳的姓不為了加分買地保障就業嗎？炸山耶，是不是人啊。」過十幾年而已，他們忘記了自己的長輩曾是礦業公司的一員。只有我們家還留在礦業公司，我已分不清楚那是嫉妒還是為了他們的山。

山不見，他們要封礦，抗議。補償金不見，他們也抗議。

抗議總在跨年前休息。

我只過跨年這個過年，不曾過農曆新年。

二十六歲的我與鐵木仍然放著跨年煙火。曾經把我當成目標的沖天炮遊戲，變成部落的觀光風俗。鐵木說過好幾次，叫我爸去跟公司要更多的職災補助，順便拉高部落補償金。遇到爸，更會用吼聲說：「耳朵還好嗎？你老婆薪水還匯到你戶頭嗎？還有什麼時候要復礦啦。」

公司每個月準時入帳到媽的戶頭。媽轉一半金額給我，我回傳謝謝。

「她留職停薪。」我回。「騙誰，公司只有她一個泰雅族的，聽說妳家吞很多錢啦。妳媽跟男人跑，妳爸為錢死不離婚。」鐵木說。

對，還沒離婚。愛錢沒有什麼不對，我這麼想，卻沒有說。

「鐵木哥，倒數二十秒，不要說話，不認真工作小心炸爛耳朵喔。」

他笑，我笑。今年過年，礦業公司準備比往常多一倍的煙火量。煙火結束，爸在無光的舞台上，開起麥克風說：「新的一年補償加倍。」爸從咿啞含糊說到清清楚楚。最終，大家拍手，像是給大家過年的紅包。領到錢幹麼問公司要做什麼，通膨嘛、公司有點良心嘛。

爸說完那些話，他很開心看著我，多停幾秒。

用錢買不了的，就用更多的錢買。公司是這麼想。

爸深夜傳訊說明日跟他上山看看，公司要復礦了。我回好，回完跟反對礦業的組織說部落過年沒人上山的那幾天，公司決定復礦。

挖過山稜，綠變成灰。

炸山挖山不可能安靜，能做多少就做多少。我元旦跟爸一起上山。爸叫我待在小房間。小房間的鐵皮屋頂鏽蝕，防爆玻璃被砸成蛛網沒什麼防護功能。我看不到爸在幹麼，只聽到幾聲細小的爆炸聲。從山另一邊運來的機具與平地來的工人們，俐落地將覆滿雜草的土與碎石挖開，沒多久山頂凹得更深。

「要炸囉。」這次爸沒開玩笑，倒數按下。聲音卻回到以前，不再哽於喉嚨。

「你為什麼要這麼做，這都違法啊。」我說。「合法，我們的法。」爸這套說詞，從我幼年說到現在。我知道法有變，但停滯在那。復礦之後，爸變得多舌，問我要不要留下來，不要在山下當族語老師。公司缺一名在部落遊說的人，部落太遠沒人要來。爸承諾我這份工作錢多事少離家近，做到老也沒關係。

「妳媽當初接這工作才認識我。公司缺這樣的人。」他拿起一塊水晶，反射光入我的眼，眼灼熱，痛得流淚。「妳如果要回來，考慮一下，公司不急。」他說。我又傳一封訊息給組織與友人們，那天沒有回音，還在放假。隔日我又與他一同上山。礦區不曾安靜，各種吵雜都不成吵雜，直至部落的人們聽見。我在山崖旁看著部落往礦區的路，幾台休旅車與載滿雜貨的貨車開入山徑，沒多久我的電話響起，鐵木來電，同時，石塊砸向礦區緊閉的鐵柵門。

他們拿起舊日已泛黃的手寫標語，是我的字寫上挖我礦產還我山林。

爸在生鏽的鐵柵門貼一紙公文。我推開了鐵柵門，爸指著公文對我說不識字嗎？公文上甚至刻意寫上族語的羅馬拼音。雜貨車的喇叭響起香腸、飲料、保力達，幾位工人推開抗議的族人，在雜貨車旁喝起涼飲。鐵木拿起雜貨車內的麥克風，大喊停工。爸走出來，拿那紙公文念：「依據礦業法第四十七條……」慢慢地念，直至部落的人群聚在此。幾個人指著我說妳不是站在我們這邊的嗎？妳不是原住民嗎？怎好意思。

那時，我才想起不能與爸站在一起。

與爸對看，他乾掉的口沫，裂開的唇，努力擠出每個字，說得不那麼清楚，或是說公文不是用來念來懂的。「他在說什麼？」在雜貨車旁吃食的礦工問我。

「我們可以挖，是合法的。」爸回答。

部落的人推開擋在鐵柵門前的爸，推開門，眼前的山沒有樹，地面反射烈日，如同水晶的折射，一瞬間亮得睜不開眼，好久才變回灰黃。

爸曾拿起水晶在陽光下照呀照，說刺眼的光叫做希望。

有人哭說山怎變成這樣。有人拿起石頭丟向工人。爸喊他手上有炸藥喔，才沒人哭鬧。

「你們不是都有拿補助嗎？哭什麼。」平地來的工人喊。

「補助是補助我們的山，沒了，心痛。礦業公司的漢人狗你懂什麼？公司有尊重我們嗎？說擴就擴……」族人演講才剛開頭。爸大聲念起第十五條，解釋礦業公司伐樹炸山鋪水泥是做水土保持，是為大家好。

「提籃子假燒金。」族人們用國語說。

「揹籃仔假燒金。」爸說。抗議現場沒有冥紙飄撒，少些氣氛，連顆蛋都沒丟，好和平喔。「晚會的錢吐回來啊。紅紙寫那麼大。」爸說話的同時，樹倒幾棵，水土更保持了。挖深呀挖深，最好變成平地就都不用保持水土。

滾出去啦滾出去。眾人朝怪手丟石，不朝人丟。我丟一粒小石敲在壓克力玻璃上，叩，玻璃碎裂的聲音，爸說丟到雷管。爸說的瘋話也有人信，一旁的工人嘲諷說那不是爆炸的聲音。「繼續笑啊。我跟你們沒完沒了。」族人說。所謂的沒完沒了，是在原地踢著砂石，吐口水在我爸身上。沒人受傷不會怎樣，怪手的司機不爽，轉個方向往抗議的人前進。

族人都停下動作與謾罵，將我推向前去。「你女兒在這，來啊，怪手來撞啊。」

怪手愈往前，我就被推到更前方去。我聽得到族人喊來啊來啊，也聽得見前方履帶輾過石頭，碎裂的聲音。族人往後跑走，不推我向前。怪手停止，而我往前走，跳上挖斗躺在裡頭。

沒人敢動，沒人嘶吼，沒人理解我為何躺在裡頭。如果是別的族人，會把他當成肉體抗爭，甚至認為贏了。「小姐玩夠了，走開好嗎？」怪手司機說。我手遮住我的眼，希望自己能睡著。爸在挖斗旁，輕聲地說下來好嗎？女兒。「你們父女在演什麼？」族人們說。

「我們也不想破壞山林啊。」爸大喊。誰跟爸是我們，族人又丟起石頭，往挖斗丟入。怪手又往前進，想嚇阻族人，族人步步向後退步步丟石。爸扶著挖斗，遮住我的臉，擋住砸向我的石塊。當怪手快到鐵柵門旁，族人已無路可退，反而更努力地朝工人們丟石。爸跪下，磕頭在碎石上。爸滿臉是血。「演夠了沒。」他們說。我跳下挖斗，手掌抵住爸的額頭上下擺晃，黏在我手上的血，成沫，一下變成乾痂。我的手好癢，一抽開，爸的頭重重地敲在地面，沒有聲響。

誰都不是我們，我站在哪邊都不是人。我低頭看，爸微笑，「女兒。」

我好討厭他這樣叫我。將我的手拿開，跪在那。

「讓我們繼續挖好嗎？」

「你有想過我們嗎？」鐵木對爸說。爸忽然嘶吼如同炸傷耳朵那刻，山谷迴音重疊，他閉上嘴後幾秒仍可聽見。那不算是對鐵木的回答，卻像是跟鐵木說你有這些傷殘嗎？你有為公司付出什麼嗎？

我又走回抗議的族人那方。「問這個幹麼啦。沒記者沒搞頭，回去吧。」我回鐵木，鐵木朝土地吐了口水，部落的人回部落去。平地來的工人覺得這是一場鬧劇，私自停工往宿舍回去。兩路人同條路，族人甚至幫忙工人們帶路去宿舍。雜貨車的廣播，下山後換喊著床墊、枕頭、掃把。只有我與爸留在這，「妳可以帶工人們去逛逛。」爸對我說，即使他知道我的立場不會幫他。

他深吸深嘆，輕聲說，女兒，可以幫我嗎？爸爸還有很多事情要做。

他說話的方式如同對幼年的我。他沒有回頭，不再多說，往其他機具走去。

「誰敢去？剛剛才抗議，只差沒殺人而已。」用報紙在宿舍裡拂塵的工人說。

「你們自己去啊。當慶祝開工啊。我不能跟你們一起慶祝，還是要我幫你們帶些什麼？」我說。

「慶祝個鬼，每天這樣亂，以後能不能做都不知道。拜託妳不是部落的嗎？剛剛還丟石頭，還來這裡假裝什麼。」他說。

我一手遮住左邊耳朵地說：「我是他女兒。」

工人們搖頭揮手，問我：「妳兩邊都沒好處，妳不怕被罵喔？對吼，怕什麼妳是原住民。」

有什麼好怕。每年的跨年煙火穿入外衣，在胸口前爆炸，小小的灼傷，也不曾怕過。「不用怕，你有錢就會賣給你，怕什麼。」我多嘴，說得再多依舊沒人與我下山採買。我騎上野狼時，爸剛到家，我對爸說他們沒缺東西。我獨自騎往部落與雜貨車交錯，「簸仔店來唷，床墊、掃把、豬肉、米、電鍋……」

抗議後，還是得生活。

沒多久，爸追趕上我，又催緊油門，在山路間晃動。

「假原住民還敢來喔。」無聊的嘲諷，總在部落的雜貨店囉嗦。

「敢呀，買東西呀。」我回。爸在雜貨店裡掃光泡麵與米，我拿支冰棒放在爸的手臂。他的反應像是灼傷。「幫忙一下。」我對外面的男孩說。幫忙搬的男孩，我請他一根冰棒。

「姐姐拜拜。」男孩說。爸發動野狼。那些男人大聲地問我是哪一邊的。我對他們說再見。習慣嘲諷，惡意變成日常。

我在部落與宿舍間來回，最後回去城市裡。

「回家一趟，有事要說，一起過個農曆新年。」幾週後，爸傳來訊息。他燒起金紙，「來來來，除夕大家燒金紙，保個平安。」爸說。工人問我怎不一起燒。我基督教不碰香，我回。爸硬抓著我的手說燒金紙要像數鈔票一樣，折摺子丟入火。金紙燒完，工人撥起火，灰燼飄落。無聊的我，朝火坑丟入跨年剩的煙火。煙火炸起後，滿天香灰，巨大聲響炸醒還在部落的青年，他們騎機車過來。香灰落下時已無熱度，部落青年說好玩喔，再玩啊。

「可以讓我們好好過年嗎？我們的過年也有放煙火。」我說。

「妳懂漢人過年喔？那麼懂喔。那一起慶祝可以嗎？雜種。」

青年們在公司宿舍的門上，安上千百煙火。出來呀，他們說。點燃後四射。窗戶能見的紫綠黃光，高空煙火平射炸在另邊的鐵門，沒有爆炸的美只留下一片黑灰，沒有凹陷，只留下破壞的痕跡。放個三分鐘，部落青年問我：「還有沒有得玩啊？」沒人敢出去，我從窗戶跳出。挺直踢著砂石走向鐵門。我不怕他們炸我，只怕哪天連炸都懶。

都是戲，我們都知道，這是消耗剩餘煙火的遊戲。他用紅漆噴敗德的狗，汪汪。要用紅漆噴向我，「嚇妳的。」他笑得可愛。「妳是原住民，怎麼可以幫公司。」「混血的。還當族語老師咧。」他們話千篇一律。

你們最純，我不敢說。我也不敢用族語回話。我已經不知道可以站在哪邊。只是遊戲，他們玩膩要回家，我問鐵木怎麼沒有來。他們說不知道。

隔天，爸帶我上礦區，鐵木復工。爸跟我說媽以前在礦區的工作，點算機具、火藥，在小房間裡寫起會計簿記。小房間已無我童年按下的按鈕。爸摀住我的耳朵，又聽見幾聲悶響。槍聲或是機具的碰撞，或聽有人歡呼或有人叫喊，都與我無關，我聽不到，好想真的都聽不到。

「公司要給妳的工作是這些，還有去部落說服老人，看妳要不要。」爸說，隨即比出數字，那是爸薪水的兩倍，他給我看公司的公文，說服人的方法是補償金變成三倍。

若不能成為他們那邊，不如讓他們變成我這樣的人吧。

我辭去城市的工作。跟學校說家有巨變需請長假。我沒有跟學生道別，一律封鎖。

封鎖的不只是那些，也封鎖學q發音的自己。

我的新工作是與部落的老人溝通。

用錢、補給品換人情，跟他們說哪一案要舉手。模仿他們的國語，彆腳且慢地說：「有錢喔，補助比以前還多喔。雞精、燕窩，這禮拜都要喝完，我每個禮拜都來。」我說，他們說我很乖，比他們子女還乖。

願他們投票時能聽我的話，乖乖舉手。

補給品一週發一次，這週雞精，下週小家電，閒置的宿舍被補給品堆滿。我像是只會回來過年，卻帶滿伴手禮的孫女，會不會說族語沒有差，至少手上提著都是關心。一週一次，送禮品送久了比親人還親。「補償金三倍喔。三倍喔。」我說。

一個人換了立場會被稱為叛徒，讓所有人都同個立場，便沒有人記得原本的堅持。

我以為說服愈多人與我同路，能讓我變成他們那般的人。走進綁滿標語的部落，有人嘲諷，有人問我還有沒有職缺。第一次表決，贊成居多。

部落的人被外面的人說貪婪。公司帶部落居民上礦區，解釋能產生多少利益，我一旁用不通順的族語口譯，沒有人笑，都聽得懂。爸與鐵木看著對面的山，蓋座佛像與十字架。在無線電裡說這些廟不三不四，破壞景觀。我幻想從那邊的山看向礦區，或許山已光禿，或許山仍然翠綠，但挖下的山已凹，挖取凹陷，直到變成平地。

一年過後，表決結果出來，這座山不會停工。爆炸聲響不斷，爸樂在其中。

「真的要走嗎？」幼年的我問媽。

她沒有回答。「要不然，媽妳帶我走。」她說沒錢怎麼走，這是妳家啊要走去哪。

我如今有錢，能走了嗎？

我騎野狼離開部落時，大雨如注，見不到山頭。走出部落，幾年前我綁的反對礦區的標語被噴上髒話，如今部落更加繁榮。山頭巨響，爆炸後的細石像是我耳旁的雨聲。

跨年的產業道路塞滿遊客的車，救護車的鳴笛只有回聲毫無作用。我撥通電話給鐵木，他說出事了。

出什麼事呢？能出什麼事呢？又是一年的最後一天，礦業公司的贊助紅紙上寫上幾十幾百萬，白天也能煙火炸裂。

返回山頭，鐵木站在變形的鐵柵門旁，叫我的名字。我沒有理會，轉往能看到礦區的山頭。夕陽照在礦區，黃土砂石不像水晶會反射，眼前好刺眼，怎看得下去。前往部落，跨年晚會的燈沒有開，我獨自上台致詞。

大家一起去玩唷。我喊。胸口癒合的燙傷，微微地燙，好癢，抓，舒服了些。

我等待回應，沒有回音。

讓鰲鬆口的雷聲，是悶是響？我好想知道

二〇二一年第42屆時報文學獎・影視小說組二獎

心中默數一枚、兩枚，直至五枚，五枚硬幣多送一張彩券。推耙不斷地推，推擠不到前方邊緣的硬幣。我必須投更多，讓推台上的物品一毫米一釐米地落下。落下的，都可以換成彩券，彩券換了什麼沒那麼重要。

兌幣機旁是我的幸運位置。我不玩釣魚機、不玩保齡球，我只玩推幣機。一天的工資一千，拿八百換成一籃代幣。八百有時可玩一下午；有時一個小時就結束。「妹仔，錢就這樣投喔。」他說，邊說邊搖晃一旁的機台，機台發出警鈴聲。幾十枚硬幣掉落洞裡，洞知道掉了幾枚硬幣，出了幾張彩券。

這裡很吵，仍有聲音可以劃開。他笑，工作人員過來勸戒不要搖機台。他說：「啊就撞到啊。對不起喔。」工作人員打開了機台，關掉了警鈴聲。裡頭一疊疊的彩券，每次看到都想問這麼多大概有幾張。

「裡頭有四五千張吧？」他問。工作人員笑著說：「投投看就知道呀。」

「借我十枚代幣。」他在玻璃側邊看，雙手用成照相姿勢瞄準，我借他了。他的第一枚代幣投在沒得推擠的地方，發出吱的聲響；第二枚也是；到了第十枚時，親了硬幣，以為這樣比較帥，噁心。投入唯一有可能讓最前方的錢幣要掉入深淵的硬幣孔。什麼也沒。

「這就賭博啊。玩那麼久有什麼好玩。」我邊聽，連續投五枚，前方的錢幣掉落了不知幾枚，換成一張張彩券吐出，變成紛亂的膠捲。一直以為這些彩券會帶來一些快樂，喜悅什麼的都會印成一格格的，看著彩券記數，將這一天玩推幣機得到的歡愉變成實質的數字。第一次拿彩券去換大娃娃時，覺得有趣。後來麻痺了。

「太強了吧妳。但玩這有什麼屁用。」他說，他叫順生，他走向了釣魚機。玻璃內的銀幣閃閃發亮，等待前方的金幣掉入深深的暗。

我習慣遊藝場的電子音效聲，在我投幣時，聽不到任何的吵。

「大中大中了。」他的叫喊如同釣魚機按下電擊鍵的電子音效。釣魚機的燈箱閃出我從未看過的顏色。釣起一尾沒人釣過的魚，總躲在螢幕最側，不時跑出來吞食被收線的大魚，是一尾醜得要死的魚，很肥，深咖啡色不吸引最愛玩這種釣魚遊戲的孩子。

釣魚機不斷地吐出彩券，整齊地呈現一排一排上疊，就像是釣魚的滾輪收線，當我回到我的機台繼續投幣時，在釣魚機的工作人員補了兩次彩券仍吐個不停。他踢著疊起的彩券籃，「妳覺得有多少？要不要跟我一起玩釣魚機？」他說，我說不要。那天，我跟他走了，那堆彩券，一萬多張，大概可換成三千元。「我會釣真的魚喔。剛剛那尾是鱸麻，石斑啦。」順生對我說話的方式，都像是對個少女說，我不是少女，沒有少女會在推幣機前浪費時間。

推幣機的推耙不停地推，但沒有投錢下去，推的都是空氣。順生問我還要玩多久，我舉起手上的代幣籃，直到投完。他跟我要一半的代幣，屬於我自己的時間只剩一半，多出來的時間要幹麼？我還沒想到，見他一手投一台，不管一次投五枚送一張彩券的優惠。想要阻止，卻看著推幣機裡的寶石、金幣閃耀折射，迷惘了，直到彩券出完卡卡的齒輪聲，難聽得刺耳。

「妳看我中超多，我多懂玩。」「是啦。」我剩下的半籃代幣，我投幣，他在旁搖晃機器，一搖就多掉幾個代幣入黑坑裡，代幣一掉就變成彩券。順生把所有的彩券都給我，跟在我旁邊問我要換什麼？我選了一台兩人小電鍋，轉賣能賣一千多。「買了，就要煮喔。」他在我家門前說。

隔天又遇到順生，沒遇到昨日那尾大魚，拿了幾千元隨便亂玩，得了少少的彩券。

「要換什麼？妳欠什麼，我就選什麼。」順生說。我知道他會說我欠你之類的話。

「我去你家吧，那些彩券給我。」我說。

「不要來我家，妳找一天陪我釣魚，好不好？」

投代幣，不斷地不斷地。沒多久就把手上的投完，他直說等一下我去換。推呀推。我前方所積累的銀幣與那些機台原有金幣、彩券，甚至兩顆寶石（寶石是一千張）都推過邊緣，掉入深淵，變成希望。

還繼續投。「都破台，沒有額外贈品。投也沒用了。」我說。

「投給妳啊。」我去了他的房間，只有床、枕頭、揉團的衛生紙，我們什麼都沒做。順生約我去釣魚。「哪天不用上班？」我沒有回。順生真的想帶我去釣魚。

「你房間什麼都沒有耶。」將聲音放細，裝得熱情一點，這是我的策略。

「要不把小電鍋搬過來？」

「為什麼？」「妳還兩人小電鍋不就在暗示我。」這男人真以為自己聰明，聰明到無話可聊，他做起綁鉤的工作，將鉤插在保麗龍上，一排一排綁繩，我聞到他的味道，跟這房間潮濕的泥土味不同，是遊藝場幾千張彩券換取的男性香水，噴在我家廁所的味道。久了習慣這種味道，反而，房間的臭更加明顯，他的車有魚乾的腥。腥味是後車廂乾掉的魚血。

那晚沒做什麼，我用鉗將鉤用得內彎，他綁鉤。

「明天有空吧，釣魚。」更多魚鉤插在孔洞多到近爛的保麗龍上。

將插滿魚鉤的保麗龍放在海釣場的土堤，拿起魚鉤，他兩指銜住菸盒大小的鱉，鱉的四肢在空中畫圓，我笑說很可愛耶。我雙手捧壓了臉，嘴向前嘟，鬥雞眼，「這樣像鱉嗎？可愛嗎？」

他邊說可愛，邊把魚鉤穿入鱉的殼與臟器之間。

「我等等試給妳看，這釣龍膽有多好用。」鱉頭伸了一點進去，又隨即突出，伸進去會痛吧。拿了隻小鱉給我穿，「好噁心喔，不敢啦。」我說。我的手拿起鉤來，他在一旁說像穿針，將鉤的前端插入，插入軟軟的皮肉，針過了兩個倒鉤，穿過殼與內臟間的膜。他帶我的手，將鉤的圓弧卡在鱉的身體中央，只是，我將魚鉤穿過了鱉頭，戳入內臟又出，從鱉的嘴出鉤。鱉手伸得好長好長，奮力揮舞。沒幾下，就不動了。

他笑得抖動，「你把牠搞死了。」他說要將這隻死鱉取下，卻拉不出來，穿入的傷口流出了鱉血與汙綠色的汁液，這麼小隻血只有一點點，我拿起一旁的剪刀，從鱉殼剪下，取出那支鉤。

剪刀撥開那些臟器，心臟小得看不到。

再拿隻鱉，穿好的鱉頭伸得頗長，嘴張得很開，鉤好之後拿在那裡晃，順生用鱉的嘴咬我的手，細細的牙齒磨起來不痛很癢。「被鱉咬到，打雷才會鬆開。」他說，我便咬了他的手，齒痕很深，沒多久就消失。我沒去想何時打雷，何時他就會離開我。我們一起笑，我拿給他兩隻小鱉，「要活活穿過，不讓牠死，會動才有用。」

「知不知道？」他拿裝鱉的桶與鉤給我。我穿了第二隻鱉，這次穿得很好，垂在緄繩。穿鱉就變成我的工作，鱉手腳伸出縮入，頭卻只能伸長，進不去殼，鉤卡死死的，縮進去很痛吧。

「這些鱉好像鑰匙圈喔，你看。」我甩起鱉餌。

他這一輩子不知鉤了多少的鱉，我想到鑰匙圈的玩笑，他不覺得好笑。本來想跟他說，我不想鉤這些鱉，很殘忍。

「鉤這些鱉，你不覺得殘忍喔？」他問。

「有什麼殘忍，看你釣魚，釣魚也很殘忍，沒在怕啦。」

「是沒什麼殘忍，一樣換一樣，鱉換龍膽，龍膽換錢，錢換……」

「錢換什麼？」我問。

「妳。」

順生的電捲很吵。錢能換到的東西太多，換得到代幣、換得到我，換得到沒日沒夜都得釣的魚。又鉤起一隻鱉，他叫我別鉤了，今天沒釣到魚。叫我將釣線用剪刀剪開，卡在鉤上的鱉丟入海釣池裡，沉在池裡的龍膽才開始騷動。「用釣的釣不到，用餵的你們就出來。當我來放生做功德。」他說。

又將一桶鱉倒在土堤上。

「你放生還真功德無量耶。」我說。

牠們爬在土堤，往前推往前推，進入水中。龍膽就在水底等著。

我不知道來釣什麼，空氣吧。那些鱉就像是我的代幣，投入池內，能換取一些什麼，很短暫地，掉入深淵。

很悶，不想待在這裡，「去遊藝場吧。」來海釣場的錢不如換成代幣給我，我想但我沒有說。

推呀推呀，是什麼把我跟順生推成我們。

代幣掉入洞裡，他一旁發呆地看，看我沒代幣時就去換，沒去一旁的釣魚機台釣，還在煩惱為何沒釣到那些沉底等吃鱉的龍膽。

「釣龍膽有什麼好玩的？」我問。順生反問我這個有什麼好玩的。我看著前排一隻小熊慢慢前推，小熊是這機台的最大獎。

「釣起來可以換錢，你知不知道？」他說。

「玩這個可以換錢，你怎不陪我玩。」

「不一樣啦。」

「哪裡不一樣，你自己不多釣幾次，釣不到就氣得把鱉拿去放生。鱉賣給放生團體，也能賺錢。你要不要去做？」我說。

「拿五六十塊的鱉換一隻十公斤龍膽，十公斤龍膽能賣個兩三千，你懂什麼？」

投入代幣的速度更快了些，這種遊戲只要代幣夠多自然會中一些；釣龍膽就像賭博，換錢還得看魚的心情，我想到就覺得好笑。

他低頭看著手機，沒幫我投幣。

推幣機將那隻小熊推入邊緣，掉入。機台響起巨大的聲響，他仍在說，而我聽不到。

等到彩券出到一半，音樂停下。我才問你剛說了什麼？他說沒有。

他說沒有。「那只是賭氣罷了。」我回。

「我們去批鱉來賣。」他說。「賣誰？」他說放生團、釣客、海釣場啊。拿了一個佛教放生團的網頁，小鱉有一隻八十元的贖命金。他開始說他買釣龍膽的菸盒鱉多少錢；那裡的小鱉賣多少錢，一轉手就可賺幾倍。

「做生意又做功德，到時候又迴向到偏財。」他投入許多的代幣，投入已無任何獎勵的機台。獎勵鈴響起，「好運就是擋不住。連沒東西的機台都能中大獎。」

我蹲下將彩券收齊。

「幹麼收，就讓它亂。」他說。直到螢幕上剩餘彩券還有一萬多張，兩疊彩券吐完，工作人員繼續補上。彩券纏繞在我腳踝，我邊笑邊想如何不被絆倒，將這些彩券收齊。

這樣的巧合，讓他覺得我是助他的人，讓這一切都變成轉機。在臭臭的車上，他說他要轉運了，說一句這類的話就轉過來看我一眼，他瘦凹的臉與突出的嘴，迷不了誰。他輕捏我的手臂，癢得像小鱉的啃咬，是想吃掉獵物，仍無力吞食；他將我的手抓向他的下體，我緊緊抓著，「咬住就不放喔。」他笑。

「等打雷我才放開。」我說。

與他的性，無燈、無光，是縮殼的鱉，是怎樣都不想看清的互相。

「小小的鱉。」我彈他。「咬你喔。」他說。

我們咬住互相不放，雷聲已來仍不放口。幾個月過去，我辭職了，靠遊藝場的兌換品上網販賣為生。他一個禮拜幾天工作，幾天跑去海釣，偶爾曠班陪我在遊藝場。對我們兩人而言，這樣的生活跟獨自過差不多。對他毫無依賴，只是齒嘴鉗住兩人的手腳。

想挪開嗎？不要。就算咬的力道很輕，連齒痕都沒有。

第一次來我家。他注意到整房都是遊藝場的兌換品。「你家是湯姆熊喔。」接著說：「我辭掉工作了。」本以為他要開始嘮叨說工作又怎麼了，沒說那些，「我們去載鱉吧。」這樣說話的順生，很可愛。

「光小電鍋就十幾台了。我送妳的那台呢？」往屏東的路上他問，其實我分不出哪一台是他送的那台。下交流道後，轉入山區，導航說著前方三百公尺要轉彎。「這導航有導對嗎？」我問，「就只能相信它，要不然你知道在哪喔。」他說完，我們就聽到目的地在您的左手邊，一間微光的小屋。

車停下來時，說要買上百公斤的鱉，賣鱉的大哥說我們這樣賺不到油錢，開始對順生說哪裡的釣具行買多少量、海釣也有用鱉在釣，順生直直點頭。大哥推銷起鱉蛋，說用燈光照過去裡頭有白點是受過精的，看鱉蛋有兩層顏色也是受精的。不斷地說受精不受精，不斷地問要不要賣，拿去賣給中藥行，或是泡酒拿去賣給周遭的男人。他們拿手電筒照鱉蛋，一直在說，說了很多。

「喝了會很硬喔。」這句話不知道是誰說的。當大哥將那幾桶鱉搬上車，掩上後車廂門，塑膠桶裡小鱉稚鱉分開來放，大小不同鱉爬行磨爪的聲音有輕有弱，很吵很像是推代幣機台，代幣掉落到下一層的聲音，或說是他夜裡睡好睡熟的磨牙。

在車上看他跟大哥聊天，聽不到對話，只聽得到大聲地笑，那種笑聲與在我身旁的笑、被我搔癢的笑完全不同。聊到最後，大哥送他一罐鱉蛋酒，兩人轉頭看我，他露出牙齦要啃咬我的笑。

「那罐是什麼？」我問。「酒，有受精的鱉蛋酒。」他把酒拿給我，用手電筒照瓶內的鱉蛋，我看到白點，我繼續裝作不懂。車燈照著他倆，辨認不出哪男人是好是壞。

「他有問你要買來幹麼嗎？」我問。

「生意人哪會問那麼多，我說我賣給海釣場啦。」「喔。」我回。

「怎可能跟他說要賣給護生園區，他來搶我生意怎辦。」

「護生園區最好不會自己來找，這種事業沒有對手我才不信。」

「不會有人收鱉去放生啦，護生園區聯繫好了。護生園區的池，還養鱸鰻什麼的。我都跟他說我是在養鱉的，鱉場要清池沒地方放鱉，給他當飼料。」

「鱸鰻吃鱉，鱉被吃光了，又會跟我們買。」我回，他捏了我鼻子。

車回台中，「這放生等於放死耶。」我說。

「哪一種放生不是，將巴西龜丟到河裡、魟魚放到淺灘……」順生說了一堆。

「有罪惡感喔。」我說。「怎可能會有罪惡感。阿彌陀佛，跟著念。」回程放起《心經》，是在催眠，我睡不著，後車廂的幼鱉稚鱉爬行或啃咬塑膠桶的聲音，愈來愈大；整車都是那些鱉的池藻味，類似土腥。這車依舊是順生的模樣，擋風玻璃前曬成白色的檳榔盒、名片、用過的衛生紙，車上的塑料都是菸油，摸起來跟他的臉相似，味道卻不一樣了，我喝了一口鱉蛋酒，咬破一顆酒熟的鱉蛋，有草腥水味加上雄性的味道，吞下。我沒有跟順生說鱉蛋酒的味道跟後來的嘔吐，因為我們是笑著的。

到了台中，他掀開那一桶桶的鱉，將一桶體型較大的稚鱉倒在幼鱉那邊，多添秤頭多賺一點錢也好。「不用打冰、不用水，甚至不用給食物，牠們餓個一天不會死。」他說。

「不知這些鱉歹命還好命。」我說。

「跟我們一樣，都是要賣的命啦。」他說。

我睡沒幾小時，澡不洗，躺在他床上睡意很深，卻在他的懷中淺眠。他的鼾聲磨牙與車內的那些鱉重合，是吃食咬合、是物與物的摩擦推擠。天一白這房間變成了淺藍，夢變成雜訊，「起來了，起來了。」我將他的腿推開。

一開後車門，我只見幼鱉的那桶，混入的稚鱉不知多少隻沒了頭沒了手腳。鱉的血是紅色的，不見的器官都跑入幼鱉的胃，流的血溶在尿液唾液。

「很多稚鱉被吃掉耶……」「沒差啦，反正都在幼鱉的肚子，還沒拉出屎，就算拉出屎都一起秤。」

被吃掉的稚鱉，只留下殼與內臟，說不定心還在跳；不仔細看牠們像是活的，只是身體都縮進去。

賣給立菩薩雕像的護生園區，園區賣給信徒。鱉進了園區的池，不一定會活，這裡的池有大鱉、有鱸鰻。向我們買鱉的師兄（順生都叫他師兄）看了那幾桶比較大的鱉，「菸盒鱉要不要？」順生說，師兄說菸盒鱉太大，怕鱸鰻不好吞。師兄從幼鱉桶裡，拿起一隻稚鱉，說大隻的長得太醜，這種小小可愛的才好賣。順生發現那隻稚鱉，頭腳都沒了。直說阿彌陀佛膨肚短命。阿彌陀佛迴向給鱉，膨肚短命迴向給我們。

師兄問我們，那些賣給他們的稚鱉有沒有互相殘殺，打開每一箱檢查，檢查個一、二十隻就當作全部都沒事了。鱉桶搬到護生池前，將鱉放在飼料販賣機下，旁邊寫著放生鱉一隻一百元，放生功德無量。那些稚鱉一隻踏著一隻，疊也疊不高，沒能逃出鱉桶，都等待著護生的客人帶牠們到極樂世界。

順生拿起一隻無頭無手的鱉，丟入護生池，池水變得混濁。他覺得這是放生，雙手合十說阿彌陀佛。

途經上次釣龍膽的海釣場，門口寫「禁止放生」。

「就是在說你。」「我是餵龍膽吃飽耶，這樣比較難釣，他們更賺。」

順道進去問海釣場要不要鱉，順生吃鱉了。

一場一場地問。甚至停在海釣場外面，跟賣水果的一樣，上面寫著「龍膽利器：菸盒鱉！」我們賣一隻八十，有幾個人買，大多數人都沒有用過，我將鱉上鉤，裝在黑色不透光的塑膠袋裡送給沒用過的客人，「這麼殘忍喔。」客人看塑膠袋裡三隻鱉說。

「你用看看，沒用來找我。沒有釣到也可以當鑰匙圈喔。」順生拿出一隻鉤好的鱉邊甩邊說。我們沒等到那些客人釣上龍膽換了錢，來跟我們說好不好用就北上了。

往北一點的巨大風扇下，停在沒人騎的自行車步道，有幾家會買鱉的海釣場，我們在那裡賣了幾十公斤的鱉，一公斤只賺二十元，虧都虧死了，「第一趟虧不是虧，下次載多一點來賣就好。」回程的路上，都是那些要訂貨的釣客打電話來。「唉唷，用鱉釣龍膽，很咬喔。」客人說。

「大哥，你都中幾公斤的？十公斤上的嗎？好厲害喔。」我裝嗲地說。那些客人又訂了許多，甚至原本不打算買的海釣場都打來訂，回程繞到護生園區，我細聲地問師父：「還要多少呢？師父。」「還要還要。」順生將那些鱉已護生，業已無鱉的空桶收回。

稚鱉活了多少隻，又賣了多少錢。如果可以，我想買一桶來放生，將鱉一隻隻排隊入池，在後方用掃把推入。

推、推、用力地推，直到濕土都有掃把的痕跡，掃過的痕跡蓋過稚鱉淺淺的腳印。

推、推、用力地推，代幣疊成層層，直到後方的推耙無法推動，堆滿的代幣崩塌掉入前方小小的洞，塞滿小小的洞，彩券出到無法出。

只是夢而已，我醒在夢裡彩券纏繞到我腰間時，順生的腿壓得緊緊，我動不了。晚上八點的手機震動，寫著載鱉喔。拍拍他，我輕輕咬他的手指，沒醒續睡。一聲雷響，窗戶震動，他嚇到把棉被蓋住頭、縮頸，在我嘴裡的手指，我咬緊不放。他喊痛，哪有雷響時鱉不收口的道理。

兩人生活過了幾個月，錢多了些，我笑他是稚鱉變成大鱉了；他笑說這樣才能養我這隻，養得肥肥的。鱉會吃同類，但我跟他是誰吃誰，誰餵食誰呢。我吃來吃去，餵養起肚裡有微小心跳的人，偶爾，我會用手電筒照照一兩個月的肚子，沒有白點。「變胖喔，這樣照不會縮小。又不是縮小燈。」他說，他不會發現，我不要他發現。

如果他不要，他會把我肚裡的稚鱉拿出來，醃或釀，或許不會；或許還能丟到護生園區的池內放生。

賣鱉可以賣一輩子嗎？我答不出來。賺的錢，我們存了一半，另一半換成代幣，兩三籃滿滿的代幣，又換成彩券，彩券換成獎品。我以前的家，變成倉庫。我喜歡一個人整理獎品，以前轉賣這些，從未算過成本與毛利。順生算過，玩什麼才是最賺的，他叫我不要再玩推幣機，而是挖礦機或是跟他釣史前巨鯊的遊戲。「你真的很自私耶，只帶我玩你想玩的。」我說。他冷眼看我，「推幣機有什麼好玩的，推來推去而已。」每種遊戲都可以說成只是什麼什麼而已，釣魚機也只是釣魚。

「這麼說還有什麼好玩。」

「為了玩，為了賺錢，為了我們。」他仔細地記起哪個遊戲效率最高。我只想無腦地玩推幣機，一枚一枚幾秒就過去，時間過去我沒有變，有沒有中彩券，不那麼重要了。賣鱉的錢夠我們生活，我不懂順生為何那麼在意彩券能換多少錢。

「把獎品便宜賣一賣，就能賺個五六萬吧。」我拿出以前的價格本，笑笑地看著順生。

「妳就照我的價格賣就好。」他說。偶爾他會碎嘴，叫我獨立一點，我每次都回有啊，我很獨立呀，要不然怎麼自己過到現在才遇到你。

「什麼都要我用。」他沒說的是妳獨立個屁。

我跟他說我可以自己去載鱉，他笑笑不回。「我可以的。不是說你要去享樂嗎？去釣魚呀。」我說。那晚，他問我去哪了，我回照一張南下的號誌牌。他才說：「要讓妳獨立，要不然妳沒有我怎麼辦。」

屏東收小鱉，前鎮、安平收小章魚，沿路幾個港口收上來，幾個港口沿路放。

「妳男人咧？」養鱉場的大哥問。「沒來耶。」「是不是男人啦？還是喝太多鱉酒被妳操壞呀？」大哥笑的臉跟順生很像。

「只有我喝啦，順生哪敢喝那種東西，有個味道臭腥他哪敢喝。」我說。

「唉唷，敢喝的女人不容易喔，我的特別好喝，你要不要喝。」大哥說。

「吃屎啦。」我回。「你要喝我的，我還不一定要咧。」大哥拍了我的手臂一下。拿了一罐鱉蛋酒給我，我跟他要了幾顆鱉蛋，鱉蛋要拿回去煮。

「鱉蛋酒要多喝喔，滋陰補陽，對啦，我的不喝，喝順生的也行。」大哥繼續說，說多了就不好笑。「大哥，拜託，鱉啦，你是賣酒的喔。」將後車廂打開，幾桶鱉的重量讓車低了一些，車燈照著大哥，他指揮那些外勞搬貨。他不時轉頭看我，就只是一般的笑，我放下手煞車，更催促搬貨快一些，鱉桶堆滿後車廂，後照鏡看不到後方。打N檔，踩油門。大哥嚇到後退。

「妳怎麼跟順生這種人搭上的？」大哥問。「怎樣也不會搭上你。」我心裡想的是怎麼會有人喜歡我這種人，便發動了車，往國道駛去。

順生問我在哪，屏東。他說話的地方很吵，我問他在哪，他說遊藝場。

「都不等我喔。」

「玩釣魚機是在工作。」他說。聽到投三枚代幣可以下竿喔的電子女聲，我就模仿起投代幣可以修竿喔。他回，你煩喔。沒什麼好聊，電話擱在那，聽他笑、聽他拍打機台。

雨更大了，雨刷撥到最快，雨水與車窗上的油脂髒汙，沒被撥開是抹散，只比模糊清楚一點。邊開車又撥了一次順生的電話，那頭的聲音像是打在車頂的雨滴，他只說蛤蛤，聽不清楚。我聽到了，換代幣、釣魚機中魚、太鼓達人，又或是順生還在電話另一頭蛤蛤說打來幹麼，這些聲音在耳道中相互推擠，「打來幹麼啦，好好開車啊。」「妳那邊下大雨喔，很吵耶。」往前推擠，推擠到滿，開始掉落。

順生沒有掛電話，沒有繼續講下去。後車廂的鱉搔抓著塑膠桶，想上爬。

前方事故，所以回堵。「塞車很煩。」眼前的車燈都打成雙黃燈，每台車內都響起答答響聲。鱉疊羅漢式地爬，發出答答響聲。

「如果有幾隻鱉爬到桶子上方，會怎樣呀？」

「蛤？」他沒聽到，我沒問第二次。

「牠們爬不出來。」他說。緊急煞車，鱉桶側翻。

「喂，鱉灑出來了怎辦？」我問。「撿呀。」他說。

幾片高麗菜葉與一點點的水混尿，與鱉一同灑出來。悶久的車室，變成鱉生活的濕與土味，一開始以為只是下雨的氣味，更酸一點，更像順生的汗味一些。到家時，順生在家，他沒問那些灑出來的鱉怎樣。

「還順利嗎？」「嗯。」「生氣喔？」「沒有。沒有啦。」

叫我閉眼，他說有禮物要送我。不是生日禮物。當我睜開眼時，只是十多疊的彩券，一疊四千張，他說。「妳看妳去載貨，我換那麼多給妳。妳明天自己去載貨，我就換更多給妳。」他講話的方式就只是當成小孩哄騙我。「又我自己去喔？」說要獨立的是我自己。

「這些都是錢唷。」我裝成高興地說。他拿彩券繞住我的眼，彩券不是相片的膠捲，眼前什麼都看不到。頭扭轉拉扯，彩券斷裂；我報復，拿彩券勒起他的脖子，無法呼吸，我放掉，他掙脫。「要我死喔？」「爽嗎？」我說。「爽。」

「明天送完，想去釣魚嗎？」我問。他只是打開魚鉤的盒子，裡頭沒幾支魚鉤了。

「可以是可以，不過，我又釣不到，去幹麼？」聽到他這句話，明天不用買魚鉤了。魚鉤鉤過鱉時，鱉的模樣很可怕。牠們的嘴總像是微笑，張得很大，本以為是痛才張大。當鉤好時，懸在空中，嘴就閉上了。懸在空中時，一定更痛吧。異物穿入，嘴巴學起人說不要嗎，還是對我們說釣不到啦，穿過我的身體幹麼。

順生說他餓，我煎了鱉蛋，煎鍋中卵黃圓圓卵白少少像是鵪鶉蛋，熟了就見不到代表受精的小白點了。順生開了那罐他不會喝的鱉蛋酒，手指沾了些，便歪嘴笑起又打了呵欠，伸長脖子，閉上嘴的那刻跟嚙咬無異。他吃了所有的鱉蛋，捏我小腹腰邊的肉說：「這是懷孕還是胖？」我想睡了，長長的呵欠，脖子拉長、挺腰、乾嘔，拉起他的手撫起小腹，這裡有小小的鱉。順生笑起的嘴很歪。

早上還是下雨，暖車時我將雨刷打開，他坐在副駕駛座叫我載他去遊藝場，雨刷將窗戶刷得更髒了。我打開後車門，昨晚倒翻的鱉，不知去哪裡了，是不是躲在駕駛座下方呢？我沒有彎腰下去找，連彎腰都有點懶。「好好送，開車小心。」順生在遊藝場前對我說，下車後，他拍拍車窗。他將鞋底踩扁的鱉拿給我看。

「逃出來啦，還是要被我抓到。」他將扁掉的鱉丟在路旁。

我停在路旁，想說用手一把把抓起在副駕駛座、駕駛座的鱉。幼鱉的頭伸長，咬起我的手，那已不是稚鱉的癢，是能感受到倒鉤的嘴喙，卡進沒什麼肉的指掌。

下意識甩開掉在後座的地上，牠又爬進去陰暗的凹槽間，打開手電筒看駕駛座底部的鱉們，牠們依舊想向上攀爬。副駕駛座的鱉們，就待在那。鱉的臟器那麼小，卻看得到腸胃、血紅的肝。

被咬的地方好痛好痛。

被鱉咬到，得等雷響；鱉場大哥曾跟我賭過大鱉一次可以咬斷幾支筷。

好險是小鱉。「咬住就不放喔。」咬住順生的我說。

「你不用打雷就會放開了啦，等你嘴痠還是等我變小啊？」他搔起我的癢，我反而咬得更緊，他痛了，搥打我的頭。分不清楚輕還是重，齒顎鬆了些，他舒服了些，不再搥打。

後來，我頭痛得像是春雷悶雨不下衣服潮濕的體膚。

就算如此，我彈了他變成衰弱的小龜，我看過幾隻，但其實更像鱉一點。咬住不放的是我還是順生，到現在也沒差了。

那些在駕駛座的鱉，幾隻爬到駕駛座地墊上，我踢了回去。想想怎麼處理這些，邊送出後車廂那些活鱉，搬給護生園區的，隨口說聲阿彌陀佛，只聽到冷笑與池中的水幫浦打氣的聲音，邊想邊開，問問順生怎麼處理。

「掃出來啊，你怎麼這麼蠢，開到鱉桶倒光光。」他投入代幣到我玩的推幣機，看著上方代幣掉落，推擠，下方代幣掉落。

「你幫我嘛，我還被牠咬耶。」小小的傷口，痂還鮮紅。「這誰沒被咬過，我們玩完再去處理。」我們一籃一籃地玩，換成一綑綑的彩券。「你知道我為什麼不釣魚了嗎？」順生在中大獎時對我說。

「蛤？為什麼？」

「釣魚又不是都能釣到，就像是賭博啊。你看這個，投多少沒中，你就投更多就會中了。」他說。

我們忘了待在座位底下的鱉。

等到又要去載鱉，整車發出腐臭，懷孕之後我不覺得這樣的味道噁心，卻不想清理座位下方的鱉。「生，你可以來幫我把死掉的鱉用走嗎？這樣臭到我不能去拿貨，求你嘛。」他只發出像是鱉死前的咿呀。戴了好幾層的手套與口罩，他挖呀挖，挖出來的鱉，互相殘食，無頭或無手無腳，幾隻已成乾，「乾了能不能當中藥材。」順生說了個只有自己笑的玩笑。

將死去的鱉放入垃圾袋。

「今晚別去收鱉了，我們去釣魚吧。」他說。我們去了釣具行，買了鉤。餌料呢？他甩甩那袋死鱉。

他沒下竿，將那些鱉放在龍膽池邊的土堤，像是活的，一腳一腳地撥入，烏黑色的水池中，那烏黑色的口中。

「會死，石斑吃這個會死。」他走得輕快。「走啦，遊藝場啦，明天再去載鱉。」他說。

海釣場很安靜，水幫浦的聲音與那池龍膽搶食的聲響，那兩種聲音沒人分辨得出來。吞下的不代表能轉換成什麼。咬得緊緊的不代表綑住或是傷了什麼，咬久煩了就會對任何聲響敏感。我乾嘔，順生以為是車內的腐臭讓我不適，在路旁拍拍我的肩膀，我甩開他的手。「妳有了喔？」他說。鱉產卵時，會找尋蔭濕的沙坑，產下醞久的卵，而我產卵的處所是他悶熱的房間。「大哥，鱉蛋酒有用喔。」他打電話給鱉場大哥說，但他沒喝，都我在喝。他會拿手電筒照我的肚子，透光的肥腹有無兩層色澤。春雨響雷，車上的兩人，他摸起我的肚子。

「打雷，鱉真的會鬆嘴喔。」我咬他的手說。

一人一台推幣機，我總算覺得這種機台無聊了。我跑去釣魚機，抛出虛擬的餌，晃動釣竿假裝魚在游，往那隻只有順生釣過（最近復活了）的魚去。身體與釣竿晃呀晃，順生走了過來，從後方不斷地頂住我的背，說這樣釣才對。我捏他，魚已跑遠。他拿了一大疊彩券說，這樣買妳夠嗎？「無聊。」我回。

我又抛了一次竿，換了虛擬的活餌。當那隻龍膽咬住時，釣竿不斷震動，順生跑過來不斷投幣、不斷地按下電擊鍵，想將魚電暈，電的聲音是雷聲，響呀響，直到魚鬆口，變成炭灰，一旁的人都笑，電太多次了。投了更多的代幣，釣起那池中所有的魚，投了更多的代幣，讓推幣變成沒東西可以推。他咬住了些什麼，就不會放吧。他將彩券換成最沒有價值的玩偶，說要換給我孵在肚裡的小鱉。肚裡的小鱉黏著臍帶不放，何時會脫落，是少雷聲的冬天，或是這幾天的春雷，我不知道。明晚我又要一個人開車，我查了氣象預報，無風無雨不會有雷。能讓鱉鬆口的雷聲，是悶是響？我好想知道。

外埔的海

二〇二〇年苗栗縣第23屆夢花文學獎・
短篇小說獎首獎

台六十一線，熟悉的海岸時而出現，時而被較高的透天厝蓋住。遠方的大風扇沒什麼動，想在下一個紅綠燈查風電能帶來多少電力時，便轉入外埔港外鋪了好幾年卻如新的柏油路。

「平常沒仔細看，路邊野草怎可以長這麼高？」堯仔說。

「堯仔，八點出，你紅本有沒有帶？」

「有啦，船員證不帶，要不然你當作我出去觀光的喔。賺錢啦。」堯仔邊說，邊比錢的手勢，有點像最近流行的愛心手勢。

愈近外埔漁港，愈能看到密集的黃燈，漁港的黃燈密集且瓦數更大，突兀的是那間海巡署的安檢所，那裡透出藍白色的燈色，也通知我們外埔漁港到了。

「晚上的路燈、街燈這麼多，光色也是昏昏暗暗，是怎樣？就不能用安檢所那種白燈色，亮到刺目嗎？」

路燈那麼暗可能是讓人知道是晚上吧。堯仔沒讓我接話。

「去年夏天，我去澎湖玩夜照小管，靠，那個燈一打下去小管全跑出來。」

「這也要拿來炫耀，燈打下去，白帶魚、四破也靠啊。一時一時啦。」

「是啦，一時一時啦。」那一時都是在晚上，才可看到引人的光。

一時一時，我想起大學那時的我，在東北角那所大學，夜裡不眠去記錄蹦火船，有時往崁仔頂走看那些偷偷潛入禁區捕抓的魚。

我手將魚一翻，摸摸魚身上約小拇指大的傷口，又一翻，另一頭微小幾乎被紅色魚體上的小藍點掩蓋的傷口。「紅條啦。」老闆說。

我將魚又翻回來，看了老闆一眼。潛水下去用電的？我沒有問，因為那些是我電的魚。暗夜裡的海，拿起小電棒電一下，前端的鉤拉起，一晚都不知道可以拉幾斤。如果私底下自己拿去賣，價格比給販仔賣好得多，只不過誰能一次賣幾十斤；其實賣那種魚滿缺德的，只有內行的才會看身體細小的孔洞進而發現是電的，要不就得剖開後，才發現身體大片的瘀青。

去崁仔頂做魚體紀錄或是問攤販有什麼奇趣又快失傳的漁法，想多做田野，那也只是興趣，同學只笑說這些能當飯吃嗎？我還嘴硬跟他說，「一時一時啦，到時用得到你們也都沒。」只不過等不到那時，同學們要麼考上公務員要麼就接家業。

「是啦，你在禁區拿小電棒潛水電魚，也是失傳啦。」同學們在反駁我時說，我也回不出來。

「哪個像你還在吃家裡？學以致用？花四年讀書學釣魚？整天只會釣魚、打魚，台中的海能釣到什麼？」爸媽也只會說這句。

後來我就轉做職業釣客了。

今晚，我釣船頭，堯仔在我旁邊。這是兩天一夜的航班。

「船長很久沒開這種班，都開觀光小搞搞半天就回來。」

「堯仔，觀光小搞搞不用紅本啊，比較好賺啦，哪像我們這種拿紅本的麻煩還要搶釣位，都是你啦，上次跟人打架，後來就很少開啦。」

「別吵啦，你的線就給我小心一點。」

雖然說兩天一夜，但出航大概十點，第一個釣點也大概三四點到。一開始會在近海釣一些鯖魚、四破竹筴當餌，有些也會釣石首魚，要釣什麼歡喜就好。

當石首魚、白口、帕頭、鮸魚浮水，航程變得難眠。牠們都習慣在夜晚鳴動耳石，發出咕咕噗噗的聲音。「叫春喔？」堯仔說。堯仔說的也沒錯，要不然牠們怎會被叫春子呢。

「要不然，你去問船長那些魚是不是叫春？」

「是啊，這些白口春子都在求偶。求偶啊。欸欸欸，大家要釣叫春仔要快喔，回程不會再來了喔。」

雖然是玩笑話，船長確實很少回程走這條海路。也是不知聽誰說，有一晚回程走這條，船上的釣客與海咖就塞爆某間娛樂場所。

「說不定，叫春是叫春天來。」回這句話的人，一定是菜鳥。

不過沒人說話，我腦中響起的聲音是我自己，那年第一次來外埔的自己。

那天我遲到很久，我從南邊的家鄉北上苗栗，國一途經台中外埔，我就在那山城繞呀繞呀。甚至Google的導航小姐也陪我繞呀繞。最後打給船長，免不了被嘲笑。那天是烈日，連路面都像海，待我到真正的外埔漁港時，船長已多等了三十分鐘，但也還好，就是有人習慣愛遲到，我也就沒遲到了。那天深夜也跟今天差不多，遠方悶雷雨不下。

也只有這個季節，我會來這裡釣。這個季節，苗栗外埔到新竹這帶都會產體型剛好的鮸魚、真鯛，一公斤到兩公斤左右，也不用像東北角還得載去崁仔頂讓人砍價，這邊港邊就收。如果過這季節，這裡就只剩下小白口這類的魚，也有黃雞，不過也比澎湖小得多。

「下個月你要往哪裡去？堯仔。南部還北部？」他打瞌睡也沒有回。堯仔算是我認識的釣客裡面較熟的，但也不常一起跑。我也不喜歡跟人一起跑，跟人一起總是得與他們一起娛樂，什麼都綁在一起。做這行，有的就是愛釣魚，像是堯仔；有的是為了賺一輩子，像船長。我也不知道為什麼我做這行，可能是自由吧，也是笑笑地過。

「下個月我要出遠的。」堯仔突然說。

「多遠？東沙喔？還是與那國島？」

「先釣秋刀，再往南跑釣鮪。」

「堯仔，是要環遊世界喔。真夠遠。」他開始說那一船期要一年，問我要不要去，他說他招人有招募獎金，一起也好辦事。

「日本、南洋、印度洋。還有嗎？」我問。

「南非、巴西、聖文森、墨西哥、台灣。正好一圈。」

「世界一圈啊。」我說。

「世界啊。」他說。

釣點已到，我放棍，沒多久釣竿抖動，線拉得快，先讓牠游一會。堯仔的也開始晃動。

「有了有了。快喔。」他總是像第一次釣魚一樣興奮。「快拉起來。」我拉起來，只是一尾三公斤左右的紅魽，腦中也算出這尾的價錢。

「再放再放。」堯仔說，他仍與那條魚搏鬥，要拉起來的時候，魚的力道突然鬆懈，「死啊。」堯仔說了死啊，是魚在海裡已死，拉起來之後，一尾五公斤左右的真鯛，身體只剩一半，鰓還在動。

「三千變零元啊。死鯊魚。」天色太暗，也看不出那血如何渲染在海的藍。

「這尾就當午餐，吃生魚片啦。」堯仔跟船長說。

「鯊魚吃過你也要。」「要啊。」

這是哪種預兆吧，我想。

堯仔後來就看我釣，只因他怎麼下竿都沒有魚。

紅魽、真鯛、鮸魚，還有幾尾已過時的土魠。

「船費回來了，靠，你也幫我釣幾尾啦。」

「你衰潲別過來啦。」看堯仔釣不到，還真分幾尾給他。釣魚這種事就算是在旁邊而已，運有時連過來也不過來。

「一時一時啦。」堯仔拿起手機往海照，幾尾小魚靠了上來。

「你要不要去？」

「去哪？」我又拉起一尾紅鮒時我回。

他就沒有再回，他的釣繩發出嘶嘶拉扯的聲響。

怎麼也不動地看繩愈拉愈遠，直到喀喀的轉輪不再動。我推了他。那不是給魚游一趟，讓魚累的策略。他看海的表情，已不是看這片海。他看海的表情，跟我剛拉起那尾紅鮒，在甲板彈跳之後，那失神的眼神類似。「快拉啦。幹什麼東西。」旁邊的老釣客，菸嘴臭到連我都聞得到。

堯仔還沒醒來，眼睛睜開，旁邊的老釣客、旁旁邊的、再旁邊的旁旁邊的，整船都盯著他看。那應該沒多久的時間，幾秒，只有轉輪叩叩吵。船長要把堯仔的釣竿解開，自己作釣或是將魚放生吧，只不過還沒看到船長的動作時，堯仔按了HiPow的電動收線捲，「輕輕的。最輕的那個。」我與老釣客同聲說。

釣組發出的聲音跟快死的狗貓人都相仿。

大家都知道不能按下最重的力道收線，卻也不敢說堯仔按啥潲或伸手阻止。嘶—嘰—嘰—嘶嘶，嘶嘶聲響不斷，我們都看到了那拉細的釣線，船燈照得一閃一閃，海也是，我們都看到了海上漂浮的浮游，那模樣像是午後光透曬的塵，可是幾尾小魚光誘而向上張口，那些浮游被吃或活，沒人知道這樣的問題，更像是哲學。「堯仔，你的線你的線……」

恬恬。除了堯仔，沒有人不對自己說這句話。

堯仔是醒了，眼神變得銳利，他從失神到現在的銳利，跨過了原本的他。

他解開了電動的模式，從百米深百米遠的中層海，手轉起來，誰都會嫌累，只有菜鳥會這樣玩啊。「你菜鳥喔。是在玩慢速鐵板。」耐不住性子的釣客，看不完戲，轉身作釣。

氣喘的聲響趨大，時而啊啊時而幾句粗話，我知道那尾魚也力竭，所有觀看的釣友也知，化作為魚的腦，我知道這位漁人是神經病，似乎把魚拋棄，卻困在邊界，而後粗魯、扯到身旁。

當魚已到船旁，那是尾腹部已黃的黑鮸，幾十公斤或許上百公斤。

「中了喔，這中了喔。」

堯仔持續轉，就算輪軸已經卡死，他還在用力地轉，以為是上磅不夠的螺絲嗎？他想要一切都崩牙。忽然幾聲噗噗噗，「青蛙？」「這裡是海哪有青蛙啦。」是那尾黑鮸的耳石鳴叫。

「幹，快撈起來啊。線都收死了，還不幫我撈。」堯仔說，他的眼神看了那尾黑鮸，一如往常，似乎也把這尾的價錢都算了出來。

將魚撈起，黑鮸要跳不跳就是半死不活，堯仔拿起小刀往魚額下一深刀，魚尾跳了兩下，黑鮸身體的黑閃起紫光，後不再跳動，眼神變成熟悉的無法發聲的眼。

「這尾送去中國，魚鰾就不少錢捏。」

「堯仔我有辦法，我處理。」船長說。堯仔旁邊的老釣客，不斷地恭喜不斷地說這尾賺整冬了，能聞到他的嘴臭，其實我也分不出空氣中的味道是過度拉扯摩擦的釣繩味道，還是口臭、堯仔的汗味。

我又拉起幾尾紅魽與鯛、幾尾小小的鮸（是那偉大的大鮸之子女吧）。

「你覺得這尾多少？」我問堯仔。他給我看了內容農場說中國一公斤八千。

「打五折就好，一百公斤乘以四千，四十萬吧。也是要送到中國做花膠才行啊。」在台灣，鮸魚最好的價格是一公斤內的魚體，公斤四百多吧。

「多賺的啦，有賺就好啦，堯仔。我釣整晚還不及你這尾十分之一，真想向你哭哭啊。」

「哭枵喔，分到錢再請你啊，不過，你到底有沒有要去？」

「讓我再想一下啦。不過你剛才是怎樣？失神喔。」

「讓你再想一下嘿，到港前跟我說啦。你有爸媽、沒家庭，看你這型也找不到工作啦，我們出國玩一趟啊，玩一下金髮紅髮粉紅髮、白臉黑臉麻子臉啊。」

「啊，你剛才到底是怎樣啦。」

他直直地看著我，眼神裡有我的反射，我嘴不斷地說，眼神裡的眼神也像是他某個模樣。算一算，一年釣一尾這種的，就可以吃穿半年，又有誰那麼好運的？「這釣上來的，總有天要還啦。」船長這樣說過。「要還啥？」船長要說，話又卡住。

堯仔剛是想到哪片海？絕對不會是想家，他像是轉輪卡住，去了哪方。這時，分不出是冰箱那尾黑鯢還是遠方或近海的石首鳴叫。「你別再說青蛙了。不好笑。」堯仔說。

「堯仔你剛該不會被這種魚抓走吧？」

「什麼？抓去哪？」堯仔是真的不知道剛剛怎麼了，那段的空白或許是靈魂被抓去海裡，如果他還記得，我就會開浦島太郎的玩笑，但他已經回來，也帶了給自己的禮物。我很想跟堯仔說我也有過那種空白，只不過我說不出口我電過魚。說不出口的原因，單純只是我忘記了，也因為釣客討厭拖網船、打魚人，更別說電魚了，那討厭的原因就跟獵人討厭那些不分目標的獸夾一樣，某種規則吧，我也說不清。

堯仔釣上那尾黑鮸後，正常了些，繼續作釣。只不過什麼也釣不上來。

「換位啦，這個位子有鬼啦。竿別動，你用我的就好。」他幫我拉起黃雞魚，三四尾。我這邊（原本的堯仔那邊）也有了反應，魚是迅速沉落，紅色碳纖釣竿彎曲。我往回拉一下，魚反向移動，我知道牠是尾紅魽，也沉到了最底的海，嘴也碰到沙了。

「人的問題啦，堯仔。紅魽、紅魽啦。」我規律地回拉，直到紅魽緩動，牠便隨我力道而游。

「我最大尾啦，到你這什麼也沒釣到，真的是我人的關係吼。」我繼續拉。「吼……」邊吼邊煩起我。

一時，紅魽向左向下又往右，紅色碳纖釣竿再彎曲，啪，斷了。

「靠咧，這支也兩三萬。」只剩HiPower釣線不斷拉出，只好割斷釣線。

「堯仔，要不然我這支賠你，這趟也都給你釣。」

「免啦，哪差這些，這趟海不給我釣了啦。這片海不給我釣，知道我要離開了，海都知道吧？」

「知道。」

那尾帶斷竿的紅魽，在淺海游。紅魽必定受到斷竿的影響，尾鰭沒有力道的擺動，「牠會不會以為自己已經被釣到了啊。游得好像失魂喔。」

「人也會這樣失魂，堯仔你剛也這樣啊。我也有過。」

「我剛哪有啦。我釣大鮸，我第一名啦。」

失神時的記憶不是空白，而是遺忘，因為我想起來我那次的失神了。在暗夜的海，兩人潛游，帶起各自的小電棒。想把眼前所有的生物都電傷，然後用鐵絲串在魚的口器，鉤在腰間就是種腰飾。兩人同時鎖定一尾五公斤大的紅條，愈潛愈深，就算是潛水頭燈也打不亮那裡的海，一時，另外一人用電棒往前刺，深水裡出現空氣氣泡，是他歡呼忽然鬆了嘴裡的氧氣嘴。

按下了電，魚掙扎了，裡面血肉成黑。

按下了電，我麻痛了，眼前暗海成白。

我怎樣也搞不懂暗海怎會亮得無法睜開眼，閉上眼也不能變暗。我能看到那尾紅條啊，也能看到同伴啊，我也能看到自己。只是不懂，為何自己的手拿起電棒鉤破潛水衣，往大腿裡刺，按下了電。

裡面血肉焦熟，卻不感覺痛。

被同伴拉上岸後，被放在紅條的旁邊，還有人問我這副身軀怎麼賣。「醒來啊。電魚你也能睡。」一醒後，發現自己身上有個小孔，按壓也不會痛，只不過那裡的肌肉不能用力，同時我也忘了如何潛水打魚了。

那尾紅鮒沒有受傷，只是拖拉一根斷竿；堯仔與我也沒受傷，只是被抓走了吧。

我失神之後，常有人說我是茫茫地過。我說：「我有打魚啊。」不過身體遺忘了怎麼下潛，要說的話也說不出口。

「你這趟回去後，想一下，再跟我說要不要隨我去啦，出國也是做討海的人啊，薪水也比現在有一餐沒一餐的好吧，別整天這樣茫茫地過。」我的表情顯得不耐。「好，現在都別講，恬恬。祂都知道。要不然你這趟後面沒釣到都怪我。」堯仔笑笑地比比天比比海。

討海的人也是看天，去哪也都是看天。每天都看漁業氣象，看到九級風的海浪圖，胃就開始翻騰，那時都想好險在陸地；如果跟堯仔上遠洋，九級十級大颱風都得走船，還真的以海為家，以天為頂。

「趁年輕出去破浪啊。別講了別講。」堯仔小聲說。破浪？這也真不像他用的詞，他就用闖一闖玩一玩啊。外國的浪跟外埔的浪相像吧，一波小浪過來，對堯仔與我來說，這些浪像是無浪的內海、像是陸地，習慣在海上生活的人種，會被叫成討海的人吧。我們是成了討海的人嗎？「習慣這種職業的生活，也太無聊了吧，靠，你大學生咧，不會多為自己想喔。」堯仔又說。

討海的人種會習慣這種平浪的日子，會吧。

「別講了啦，你不是說祂會知道嗎？」

外國的浪有比較高嗎？我的胃開始滾動，那卻是緊張噁心的興奮感，也不想思考以前聽到九級風的感受，真成了討海的人。

午餐吃堯仔那尾被鯊魚吃掉半身的真鯛配竹筴，漁人粥加泡麵。下午，船長帶去拉黃雞、星雞。堯仔都在睡覺，沒有鼾聲，呼吸太習慣這海浪的搖晃了，沒有鼾聲，是把吸吐出的空氣夾帶什麼都沉入海了，沒有鼾聲，是舌頭忘卻自己的習慣，「疲勞啊，這麼疲勞。」旁邊的釣客說，堯仔是否疲累，也沒有聲音。

「還活著啦。」釣友摸堯仔的腮邊說。

回程的船慢慢游。我跟堯仔就變成觀光仔。我賺沒那麼多，理應認真作釣，人總會被一旁親近的人影響，也就跟堯仔一起茫茫。看到遠方的石滬，我倆還拿起手機拍了起來。

「船長，啊是開來澎湖了喔。哪有石滬啦。」

「啊你不知道我苗栗外埔庄有石滬？虧堯仔你還來這麼多次。」

「笑死人，那石滬能抓多少魚啦。那能有幾個？」

「古早古早番薯吃到飽的年代，石滬有三十四個啦。」「現在咧？」沒人知道，船長也沒多回。不過漁船愈近石滬，我看到一尾大紅鮒在岸邊淺水欲要轉身，那尾拿走堯仔竿的魚，卡繩在礁石上。

「你的紅鮒咧？」不過回到港也晚了，一漲潮，牠也不見了。也可能不到漲潮之時，牠就困死在那。

「為什麼這裡的石滬那麼不浪漫啦？」堯仔一直念。直到回港前還在念。念到我都得網路搜尋為何如此建造，卻什麼也找不到。石滬只是透過漲退潮，讓魚出不去而已啊。這種原理不用說也知道吧。「魚隨著潮來，就進來，卻隨不了潮退，就出不去了。」

「如果是人在裡面咧？只能等退潮時去捕撈那些魚吧。」我說。

「要不然咧，漲潮待在那也會淹死啊。」照我們講的，石滬什麼都能困住，留在淺海擱淺。

漲潮了。

「快出去啊，斷我釣竿的紅鮒。」

天暗了，堯仔拿手電筒往那方向照，就看到一根紅色竿，往前又拉回。

「卡住了啦，今晚是死不掉，也不知道跑得回去嗎？不如給我們吃算了。」

入港了，魚販群聚在港邊。船停入港中，下錨。船燈打在水泥地面，一時亮得跟白天無異。海巡的先上來，尋尋每個人的冰箱，一箱箱打開。「唉唷，釣抓一尾喔，特別大喔。」堯仔搔搔頭，雖然接下來每個魚販也對他說一樣的話，魚販甚至開個四五萬跟他買，堯仔只是挑眉。「賣去大陸啦，祖國啦。中國啦。」船長要幫堯仔銷這尾，說了這句就也沒人再問了。

我將我的漁獲分銷出去，轉身看碼頭邊的昏黃路燈。對堯仔點了下巴，示意要走了。他也跟我一起走了。車跟隨在我後頭。我導航打上「石滬」，顯示出合歡石滬。

「你要去那喔？」堯仔問。「那是哪喔？」我回。

「去哪我都跟你嘿，跟定你了啦。」我從後照鏡看堯仔，又比了愛心手勢邊笑。

一到石滬，木棧起的觀景台與步道，剛漲潮完，我們踏入沙灘，黏鞋走得頗慢。堯仔拿起手電筒照，遠遠就看到那根紅色的斷竿。

「還沒走。」似乎走得更快。踩入海水，底下是滑溜的圓石，「這石滬的石頭是溪底的大鵝卵石喔。啊你真的要出國深造喔？」堯仔或許是小心走路，走到盡頭也不回話，就看到那尾紅鮒，背鰭已露出海面，我們正要解開牠的束縛。海水快速地退，背鰭、背身，牠側身游，追找呼吸。

紅鮒已把石頭拉鬆，「已經鬆了，還要解嗎？」堯仔跟我遲疑了，「要不殺了牠？」堯仔拿出小刀。石頭鬆滾，紅鮒往前游，石頭晃開了結構，我們所站之處開始塌落，就像紅鮒一樣跌入水裡。我的額頭流出了血，但天色好暗，看不到血的色澤。堯仔大笑。

「走了啦，走了啦。」也不知道是跟我說要走了，還是說那尾魚。路燈色昏黃，跟落日或晨曦都差不多，要選哪一個形容也不準確。

幾天後，堯仔打給我，說要麻煩我去跟船長拿人民幣。他說那尾走私賣了五十多萬，抽一抽他還能拿二三十。

「開車到外埔而已，好啦，要不然分兩萬給你吃紅啦。」

「好，我去。」畢竟一趟車兩萬，很好賺，只不過堯仔又開始問我要不要跟他出遠洋，那真的很煩。只是我還沒想清楚，畢業之後，過這種一個禮拜出三四天釣，東北季風颱風颱南風都沒得釣的生活，是養得起自己啦，只不過爸媽整天說浪流連，我也覺得煩。

「啊你是要浪流連多久，要不然跟我浪到最遠啦。」「別囉嗦啦。」

又往外埔，今天只是去船長家拿錢。車剛停好，船長就招呼進去喝茶。

在海港旁的透天厝，房側的漆一塊一塊脫落，在地上都踩得到，本以為只有漆塊，還有大片的魚鱗。「船長，啊你都在這裡殺魚喔？」「要不然咧，殺那些魚臭得要命，我家那個女人嫌魚臭。忍得住一生臭，忍不了一時臭，也是很奇怪吼？」

坐下喝茶，他就拿一包錢給我。「唉唉，你看這中國報紙寫了福建漁民釣獲百歲大鮸，喜賣二十餘萬。就這尾，就足夠堯仔賺半年。」

「是啊。」

「你別在那裡是啊是啊，載你那麼多次了……」接下來的話跟我爸媽說的差不多，也不想多聽，剝起自己的手皮，丟在地上也像是漆塊。船長拿出那天斷裂的堯仔釣竿，「這支斷竿你也還給他。」這只是垃圾啊，拿回來幹麼。

船長前幾天開觀光船時，遊客撿到的。船長學起那個搭觀光船的妹仔說：「這裡也有鏢魚喔？」

她說話就算了，還用手拉起那支魚竿，那魚已半死，游不到自己那片海。不知是不是釣竿破壞了平衡，牠像是卡在石滬，我們要去救牠時，那般的側身游，一邊鰓在海裡，一邊則吸取牠吸取不到的空氣。「那就半死了啊。妹仔還拉起來。把竿子跟釣線拆開，妹仔又說要放回去，還真閒工咧。一放回去整船大中，中了幾輪魚，那尾紅鮒還在那做日光浴地游。」

「妹仔就說這尾我的，半死的撈起來。」妹仔還叫船長幫她殺魚，竿她不要。

那半死的魚不知道吃起來是什麼味道，浮在海面上的那面會不會已經壞掉，沒喘氣的那邊會不會比較酸。本來以為不會有什麼解答，船長閒到說要帶我去石滬玩玩，「我小時候退潮時，那裡魚蝦隨便撿咧。有的死了，有的活跳跳，最好撿的就是那種半死的啦。」

人會半死嗎？死一半，那另一半被撿走了嗎？我又看到堯仔失神的模樣，其實那也是我。

我跟船長說我不要跟他去。

我決定自己去。走到那晚紅鮒掙脫的地方，那已經是一個缺角，一個微小的凹陷。各色魚蝦群簇，只往那裡擠，那沒多少的海水坑擠滿了魚，原來這個缺角、這個凹陷也是個石滬陷阱。還有幾群，往更裡去，更裡只有已曬白的石頭。

那些也一同被曬白，飄出了魚露的甜臭味道，跟船長家外面的味道、我身上的味道一樣。

不覺得噁心，不覺得臭，只是那細小的魚骨與乾癟透明的蝦身，太多也太微小了，似乎不知道為何就游上了這顆石頭，而退潮就怎樣也游不回去，陽光一來就死，就那麼簡單地死。還是牠們有像是癲狂的掙脫呢，跟那些大魚中餌一樣，不知道去向在哪裡就反向衝。

我不知道。

「錢拿到沒？你到底要不要去啦？公司要辦保險了啦。」

海潮淹到我的腳踝，往回走去。走至觀景台時，觀景台已是陸與海的交界了，一天一天都是如此吧，我想。

我將手機關機，躺在觀景台直到退潮。

要往堯仔那裡去呢？還是先回家？轉頭看看停滯不轉的巨大風扇，遠看石滬那個缺角破了這石滬的圓，幾日後會修補吧。多少生命留在退潮的石滬，我遠看只有海漂的垃圾，而石滬內的海，時而閃耀時而無色的波潮會是魚鰭的擾動，也可能是前幾晚我滑入海的餘波。

「走了啦。」我對自己說。往台六十一線走，車裡的冷氣循環依舊是海水的味道，熟悉的海岸不斷在後照鏡裡向後走。

我車停路旁，開啟手機，堯仔打了幾十通的電話跟連續傳「人是死了喔？」的訊息。

「要不要去啊。」我自言自語，發動了車，「去哪呢？」自言自語。

不管直行或轉彎，都看得到相同模樣的路燈。

霧茫的白天，許多盞路燈仍然開啟，有些閃爍。我在霧中看得到路燈的亮光，這些在夜晚昏黃的路燈，在白天有什麼用呢？打了視訊給堯仔，讓他看看今日外埔的霧，霧裡一道道的光。「只看到白茫茫的，這是哪裡？」他說。

「外埔。我要去哪了？」這句話說完，我們兩個都只聽到雜訊的沙沙聲音，退潮流在石縫的浪沫破裂是如此的聲音，也有魚的聲音彷彿如此。

春天的外埔茫茫，我們有說了什麼，一時也茫茫。

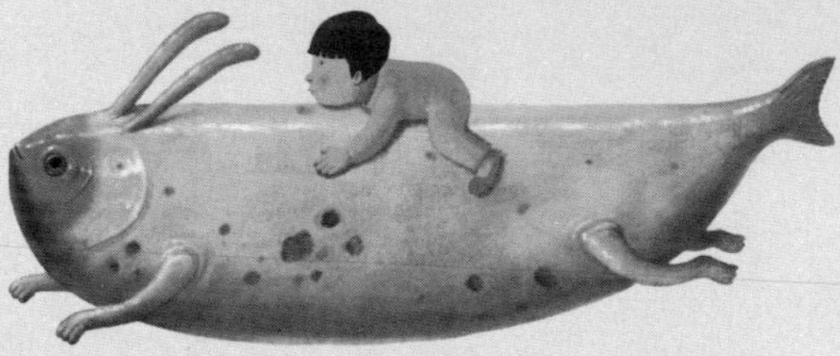

北疆沒有大紅色的魚

二〇二〇年第9屆台中文學獎小說類首獎

天光漸開，橙紅的海。

千百尾鱸魚，浮出潛入，橙紅的海瞬間轉為鱸魚背的黃綠，隨即又轉為橙紅，似幻象，是鱸魚面側、腦天上的鱗光。牠們年年肥碩歸來，清瘦離開。肥碩的是腹部的卵，清瘦的是續養又成肥碩。

冷。

祟莒揹起冰箱，下了礁石，往輕艇去。抽拉了引擎的繩，柴油引擎答答聲，發出酸氣。海面浮層油亮，那是藍紫色的。

船以十幾節速度往北方駛去。海風是否吹亂祟莒的頭髮？我看不清楚，小小的他又折了回來。我撒起了餌，海混濁了些，隨即又清澈。

我手後擺，拉緊二頭，長竿直挺，繩上魚肉已發出甜腥腐臭，甩出。

鉛砣陀墜落，停下繞線輪的轉動，不可放得太淺。

「崇莒，北方的海有釣到什麼嗎？」我問剛上礁的他。

我甩竿，光折射在海面，如細刺針在我的眼上。

在礁石上蹲了下來，重心些許不穩，一手在岸上壓扶著竿，另手支撐。

竿輕跳一下，魚來了。

如點起摩斯碼的震動還撥動線輪，滋嘶響。

「魚來了。」

釣竿半彎，我不用力拉起，隨竿擺動，一圈一圈轉、半圈半圈放。等待牠累或意志消沉吧。

魚無力被拉進礁石邊，崇莒網起，是尾兩三公斤重的鱸魚。

「這尾如果是紅色的，價格一定翻好幾倍。」崇莒說。

「船往東北方開遠一點，說不定有紅色的魚，但那就已不是東引了。釣這裡的魚就夠賺了，幹麼想那麼多。剛才你不是去了嗎？還要去嗎？走啊。」我說。

「沒事啦，想說北疆怎可能沒有大紅色的魚，很多本島的販仔問這裡有沒有紅色的魚。想說再北一點，海床會更深，但我剛開過去釣了一下，什麼也沒。」

是還不夠遠，再往東北駛一兩個小時，就會有紅色的魚。

東北季風一來，鱸魚找尋溫暖的地方靠岸，我們在礁岸邊等待，風好冷，拉起一尾一尾的鱸魚，又變得暖和。

島國最北的地方，冬日也最冷。

「國之北疆」的石碑立在那。國小時上地理課，說到台灣最北的地方，大家總說是富貴角，我舉手說是這裡，是東引。

「是台灣本島，不是這裡。」從台灣本島來的地理老師，有著許多音不捲舌不收聲的口音。他總叫我們國語說慢一點，像他一點。

「我們真該去台灣闖一闖。」崇茗說。我覺得這個話題太老套，難道這些北疆的年輕人都得離開，一年回來個一兩次炫耀自身的行頭，那些衣服物件模樣都已經可以超商取貨了。

「幹麼去台灣？在這裡不是很好嗎？」

「好無聊喔。」在國之北疆的石碑下，他說。

「來喔，來喔，東引特產七星鱸喔。」路過的旅客，幾個問這海的還是養的。

「這尾五斤重，養的有這麼大嗎？」崇茗說。

「養的吧，比較瘦就說是海的，別騙喔，少年家。你們這邊有沒有赤鯮、長尾鳥這些的？」

「沒，馬祖沒有什麼紅色的魚。」我說。

冬春時節才靠岸的海七星鱸，雖然台灣本島的西岸有，只不過那些沾滿了油氣與汙染，馬祖沒有工業，這裡的七星鱸就少了那些氣味。

「真的是野生的。」遊客沒搭理就走了。沒有工業什麼都沒，所以他好無聊喔。

「成哥，你要鱸魚嗎？」我打給台中的成哥問。

「不要啦，最近台灣都有大尾的養殖鱸魚，我都用那個當作海鱸賣。你這個一公斤要五百，他那個才兩百。要不然你批回去賣？」

心裡想也是可以，只不過這個季節的鱸魚多得跟海岸蠕爬的海葵一樣多。

「還是你要海葵？佛手？藤壺？」

「唉唷，你上次寄那個海葵，黑黑的像狗屎一樣，我打開就丟了。」

「海葵要用炸的，我不是教過你嗎？」

「台灣沒吃那個，要不然釣一些黑毛、石鯛，但是要比日本進口的便宜喔。」

「別說魚了。」崇莒將我的手機搶了過去。

「成哥，有沒有什麼好工作啊？想去台灣闖闖玩玩。」我不知道崇莒究竟要去闖闖還是玩玩。他聲音漸大，說的國語變得標準台灣腔一些，我們口音中的糊音少了些，我聽不清楚他說了什麼。崇莒拍拍我的肩，比OK，我不懂在OK什麼。

「來喔，來喔，東引特產七星鱸喔。」我喊。

「收攤後還要不要再去釣？」我問。

「釣什麼，這些沒賣完啊，收一收寄給成哥。」成哥不是說不要，算了，他們倆說好了就好。

崇莒寫了成哥的貨單，馬祖七星鱸一公斤兩百。

南竿寄往台中的班機，起飛，蒙在隨東北季風而來的空汙中，那些魚去了崇莒想去的城市會變得好吃吧。南竿坐船回東引，崇莒不斷提說成哥說我們可以去台中，有工作可以做之類的話。

「走啦，走啦。」這句話講了七遍了。

國中的畢業旅行去過一次台中，在一中街迷路，在百貨公司無聊，在飯店旁的台中公園錯以為自己出國了，怎都是外籍勞工。他們在草地上唱歌跳舞，像是回到家鄉，其實不是，回到家鄉的他們才不會唱歌跳舞，就只是短暫的放鬆。「你不覺得東引很落後嗎？」崇莒問我們一群，大家都點頭說是。

畢業前，老師問班上有多少同學要去本島讀高中，班上有三分之一的人舉手。當高中畢業時，老師問班上有多少同學沒有要去本島讀大學的，我舉了手。「你幹麼舉啦？不讀大學很糗耶。」崇莒沒有要去，舉不起手。

那時，我想起那些將要去本島的城市、鄉村讀大學的同學，散落在各處會在某些地方聚集嗎？說起帶有口音的國語、閩南語，卻唱不出自己故鄉的歌，因為都是那些流行歌吧。

留在東引沒去讀大學的，只有我們倆。整天釣魚、撬藤壺佛手，賣往台灣的魚販。我們收入並不差，但沒地方花。崇莒跟我說好，三四個月要放四五天的假去台灣本島玩一趟。

我覺得去哪個城市都一樣，都是繁華的複製品。

起初，會坐從基隆上岸的台馬輪，我覺得基隆太濕、船坐太久，還沒到岸我就暈在船上，下船聞到的油氣太重，凝散不去。「既然都在基隆下船了，不如去東部走走。」我提議，不過崇莒只說好山好水好無聊，來這就是要揮霍。

「你不覺得台灣很好很美嗎？去台中找成哥啦。」

「是啊，你都來十幾趟了都不膩，當然美。」

「拜託，我早上去拜訪客戶耶，你看今天晚上成哥帶我們出來玩，拜託這事情，有賺錢又有得玩不是很好嗎？」成哥是個魚市大盤，下午睡覺，七點起來吃飯玩樂，零點工作。

暗色的空間，光是紅的，這種地方我跟崇莒並不是沒來過，一下就熟悉那些異國人說國語短促的尾音。「媽媽，找幾個麗絲陪我這兩個小兄弟啦。」來的女人，連紅色的光，暗到幽幻的空間都看得出已經老了，連美肌軟體都救不起了。

「小哥，你哪來的？」

「阿姨，我從極北的地方來。」崇莒說，成哥大笑。

一杯一杯喝。隔壁桌吵鬧說起異國的家鄉話，而我這邊，用雙手撫摸，說起身體的話。

「換一個嘛成哥，這種我吃不下。」崇莒說。換來的是個越南女人，「你豪，老闆。」她飄上短促的尾音，而崇莒叫她過來，一定是音響聲音過大，我聽崇莒的話語就像是異鄉的口音。她將手伸進崇莒，崇莒亦然。

「喝，喝，看好戲囉。」一成哥說。

那女人將上衣脫了，像是只在兩人的房間。隔壁桌的外國人開始歡呼，講起加油加油。我喝啦喝啦，這確實是一場戲，崇莒演得像是真的。暗色的空間，光是紅的，人、乳房、體膚什麼都變成黑的。

那次開始，去台灣都停留在那些紅色光的空間。

東引是沒什麼紅色魚的島。

春夏季盛產黃雞、石鯛、比目，入秋至冬盛產黑毛、黑鯛，冬春時節則是七星鱸。崇莒在宣傳看板上寫。

「為何沒有什麼紅色的魚？」

「我有釣過幾次真鯛。那算是紅嗎？」野生的真鯛是微粉紅帶點黑、紅槽也是紅帶點棕，北疆沒有什麼大紅色的魚。

東引的魚是黑色的或綠色的。黑色的是礁石磯釣的魚種，黑毛，石鯛躲在礁石洞裡；綠色則是在離海岸一小段距離的淺層海域，陽光灑下浮海的魚，綠色就像光影。魚的色澤，要不是為了隱藏；要不是為了裝成黑暗。

「紅色的魚，在微光的環境下會變成黑。」我點開影片給崇莒看，那是尾赤鯮，實驗室裡模擬三百公尺深的海，牠變成黑。

適應暗夜的我，只看到崇莒的黃白牙齒。

「一個月後，我們就去台中。」

「好，又要去玩喔。」

「不，成哥說要投資個馬祖魚攤給我們。」

「這裡賣魚賣不夠，還要自己在台灣賣。神經喔。」崇莒聽我這樣說，笑了，我不懂我說的話有什麼好笑。

「我不想去。」

「要不然你在馬祖批給我好了。」

「你一定開些芭樂價，你開給成哥什麼公斤兩百的鱸魚，我這邊可以賣一斤三百，你賣公斤兩百，我們賠了多少。」

「怎樣怎樣，我們自己釣的就別算本錢啊。拜託有成哥，我們才可以逃離這裡耶。什麼北疆，北到凍僵。」

我看不到崇莒的牙齒，都變成烏黑。

「我去那裡賣台斤，你這邊賣馬斤給我就好。」

「馬斤五百克，台斤六百克，你這種錢要賺到什麼時候？」

「擔心我，就給我便宜一點啊，傻了你。」他又笑開了。

一個月後，我陪他去看馬祖魚攤的點，那是成哥隔壁村落的市場，空湯的攤位，崇莒說要怎麼規劃，我問他要叫什麼名字。

「北疆魚攤。」

「靠北到凍僵。」崇莒又自己補了一句。

風吹進下午無人的市場，將剛休歇的市場味道喧譁起來，是那些覆蓋在攤位上的帆布拍打聲，是那些血水、爛菜的味道，「這裡會很熱鬧吧。」崇莒說。我分不清他在說這裡是哪裡。

「嗯。」

我想像起他的北疆魚攤吊起紅色的燈罩，所有的魚都沾染成紅的顏色。

「成哥，差不多啊，我知道要怎麼做了。接下來要去哪？」

「去越南查某。」

「要不要去？」崇莒問我。

崇莒醉倒在沙發，被敞開裸露的胸跟那些小姐沒有兩樣。

「走了啦，崇莒。」

「小弟弟，你一起玩啊。」一旁的大姐摸著我說。

「不了，謝謝。」我說，成哥在一旁笑，牙齒的齒垢更加顯明。

「你們兩個還真不像耶。一個這麼痟，你卻都不玩。怎樣，是看這些查某無，看無合意的。」

雖然成哥這麼說，我該有的反應依然有，卻怎樣都提不起性慾，連撫摸都懶。我在想那些東引黃綠色與黑色的魚，放在北疆魚攤的紅燈下會是什麼模樣。

隔天，崇莒宿醉未醒，他叫我先坐原定班機回馬祖，他留在這裡幾天。

空中看馬祖，沒有貫穿島的鐵路，沒各色建築，只有紅屋瓦、水泥的色澤，石頭屋看起來小小的。

落地沒多久，我開始處理成哥昨晚下的單。自己一人駛船，磯石旁作釣。

鱸魚很多，多到將藍紫色的海染成草綠。下竿，一尾又一尾。

公斤兩百的海鱸還真沒價，心雖然這麼想，手依舊拉起魚。

「年輕人很會釣喔，一下釣滿一百公升的冰箱。下次要帶兩個冰箱。」

釣剛好就好，東引的釣客前輩是這樣跟我說。

上岸之後，賣了一些雜魚給岸邊的餐廳，也得吩咐成哥的淡菜；明早潮弱時還得挖藤壺佛手這些。平時可以分給崇莒做的，現在只有我一人，很疲勞。

「你回來了喔，還回來東引喔。」剛下船的崇莒，臉色跟那天宿醉的臉沒有兩樣。他只說好想睡覺喔。在副駕駛座深深地睡，我還來不及跟他說明天的工作跟那些台灣的單。

「好冷，東引特別冷。你看我的手都僵掉了。」

「冷到你說北之凍僵，北疆。去幾天台中就變成溫暖的台中人喔，還怕冷咧。」

「就快變台中人了，下個月就要開始做魚攤生意。你真的不去嗎？」崇莒說。

「不去，我當你貨主就好。」

「嘿，真的假的？」崇莒學起台中人講話，從包包拿出一罐東泉辣椒醬給我。

「真的不去吼。」而我刻意學的台中腔，並不幽默。

「有個照應也好。」

冷，清晨五點的東引。

我在碼頭等崇莒，手機沒接，人沒來。自己發動起小船的馬達，要往何處，操控馬達的手就往何處的反向前去。劃開海，海又隨即縫補，我回頭看了岸邊，崇莒未到。我不知道看多久了，當我看向前方時，船差點撞上一旁的礁。就停在這，開始作釣。抛下擬餌，手指敲著魚竿，擬餌在海中是在游泳，時緩，像是安逸在這環境，手指敲，動了，演得像是察覺有掠食者存在。海中的鱸魚總會被異於海的虹彩擬餌吸引，牠們害怕食物逃跑，吞下，鉤住了嘴，轉身游動。

我握緊魚竿，淺海的鱸魚收一下繩就可釣起。

牠知道。

當靠近海面時，鱸魚躍起，在空中側轉，釣線繃緊，我輕放向前，鬆些釣線，幾次來回，牠就會累。我緩緩收，將釣竿放在固定器時，牠再度躍起洗鰓，用鋒利的鰓邊想要割斷魚線，未成，落水，在海面上側身呼吸，我撈起牠。

是尾肥碩的母鱸。

我知道，還有其他鱸魚，一尾被釣走的魚不會提醒其他的魚。

「為什麼不走呢？都看到其他魚被釣起來了。」我對一尾半斤多的小鱸魚說，牠開嘴闔嘴，我只覺得自己像智障跟魚說話，我本想要將牠放生，野生的鱸小於一公斤就會瘦到只剩骨，沒人買，只不過牠吞鉤吞得深，我拉起線牠嘴張得巨大，吞下我半個拳頭，我不能放線，不然牠會將我手咬下。

鱸魚咬下會痛，輕微的痛，細小近無的牙齒磨人。細小的痛，我不想忍耐，我大力拉扯，卻拉不出吞下的鉤。只好把線剪斷，鉤留牠體內，丟回海中。

再下竿時，我看到那尾小小的鱸，嘴跑出牠的胃囊，我拉得太大力了，我想。撈起牠時，海中像是空無一物的深藍。

「為什麼不走呢？你都看到其他人走了。」崇莒說。

「來喔，來喔，東引特產野生鱸魚喔，坐月子滋補聖品，一馬斤兩百喔。」我在沒什麼遊客的北疆紀念碑前叫賣。

「唉唷，這尾魚怎那麼可愛，舌頭那麼紅啊。好像很會說話。」遊客說。

「大姐，要買嗎？這尾算便宜一點給妳。」她笑笑走掉。

「選這賣，不是找死嗎？換地方啦。」崇莒說。

我們騎著摩托車，我揹著小咖冰箱回到老地方遊客碼頭旁賣。

「你賣這些有什麼用，你大的都交給餐廳了，這些小的隨便賣就好啊。」崇莒說。但我不想，價格就開那樣，你賣便宜不是破壞行情嗎？那些魚屍照了太陽，身上的綠褪了些，吹了海風，鱗片上出了白白的乾斑。

「這些魚都醜了，你要放好價格放到什麼時候啦？」

「來，我賣。來喔來喔，東引野生鱸魚，馬斤九十九就好。」人是圍了過來，沒多久將魚賣完，他將錢對分。

「魚是你釣的，我這份錢就拿來請你吃飯。」

滿桌的海鮮，其實很膩。崇莒拿出東泉辣椒醬，要不然加這個。他將燙石蚵添上，炒麵也是，拿起筷子攪和，什麼都變粉紅色的模樣，吃起來就那個味道，我以為這就是台中人的味道，想也知道不是。

攤販的垂燈吊在我兩眼前，風一來晃了一陣。崇莒說起之後要做什麼，說要代理馬祖的海鮮進來賣，「我要將東引的魚用進台灣，像是南北竿的淡菜一樣大量銷入。」畫起許多願景，「我要去台灣當漁業大亨，呵呵。」說得跟笑得都很天真，他醉了，我想他在那些越南女子前都這樣說吧。

一陣強風吹歪明亮的垂燈，向旁一倒，我這桌暗下。

「敬漁業大亨。」他喝了我的蘋果西打，醉倒。桌上的石蚵、炒麵依舊是粉紅色的模樣。

攙他回家，他一路上只問我要不要去。不要。

甚至後來發火說你就別來求我叫貨。我依舊說不要。

酒醒後他什麼都忘了。

酒醒後，他就說他要去台中了。

他在台中兩個禮拜。開幕前兩天傳了張圖片，上面寫著北疆魚攤開幕慶，野生鱸魚大特賣。後方的圖片是東引的石頭屋與藍眼淚，跟老人圖沒兩樣。我傳了棒棒的貼圖給他。

「記得過來玩玩啊。兄弟。」他傳。

兄弟兩字，看起來陌生。

我出海，我以為他會下單，會下許多的七星鱸魚，我也釣了許多。他沒有下單。

「崇莒，你需要七星鱸魚嗎？」

「兄弟，當然好啊，不過開幕當天我有備好了。」

我沒有回，安靜了很久，耳邊聽到崇莒的聲音喊起那些叫賣詞。我拖到以往叫賣的地方，喊著，一整個下午沒賣幾尾。

「便宜賣你，崇莒。」

「明天寄來，你何時到清泉崗？搭計程車來，順便取貨過來。」

到達機場，國內線出口左轉便是機場的貨運站。我在那裡等我的貨進來，那箱沉沉的鱸魚與藤壺、海葵。秤了五尾有大有小的鱸魚，選了最大的藤壺與一斤的海葵（刻意秤六百克的台斤，而不是熟悉的五百克馬斤）。藤壺與鱸魚是給崇莒賣的，海葵是給崇莒的。寫著馬祖海產的外紙箱內，包了一層報紙、再三層塑膠袋，沒有裝保麗龍，馬祖的保麗龍太難買了，我想崇莒可以理解的。

我抱起馬祖海產，要去貨運大門攔計程車時，「年輕人，出境大廳那邊坐，這裡是載魚載貨的。」計程車司機指一旁的行李推車，要我將那箱放在上面推過去。計程車司機取完自己的貨，打開旅行車的車廂，我聞到東引碼頭的味道，清泉崗的空氣很冷，殘留在鼻息很久。

「年輕人，你這樣還要坐我的車嗎？」

「坐，我這箱也是魚。」我的手掌感到紙箱浸潤，紙變軟變薄。我將那箱放在長得一樣的紙箱上面，而我的手掌已經變白變皺，趨近一聞，「你先擦手再上車。」又拿了罐酒精給我，「噴一噴。」

司機要在台中市裡幾處放貨，我的地點在台中的邊疆。他只收載貨的錢，就當載我也同於載貨。一路聽他說這些店家拿了多少澎湖魚，一天就夠他載好幾趟，一趟五百，也不用載客就能養家，又扯什麼海風會讓車容易壞，問我從哪裡來，聽到馬祖又開始說當兵的事。要到崇莒的鄉鎮還很久，我並沒有睡，經過巨大的營區，聽到戰機轟鳴，又走向台灣大道，進入好幾個市場，又離開。離開時，我總聞到一股味道，便看向自己的手，是不是又白又皺，浸潤在魚腥的海水裡。不可能的，早就擦乾又消毒。

我一直以為是司機的手沾了魚臭。下車時，開啟後車廂，那已是一整車的潮濕，防水墊沉積褐紅色的血水。我將貨快速拿下，蓋上車廂。「卡小力啦。」司機說，我拿了一千給他，就當作我是個會漏馬祖海水的貨。

我抱起那箱底已浸破，露出裡層塑膠袋的貨，我找尋哪個角度不會滴漏海水，會漏的孔洞細小，滴滴血水落下毫無聲音，仍讓我的長褲與襯衫濕透。車上那股味道，我已聞不到，成了習慣。

「好遠。」我自言自語。

我看到了遠方的紅色燈光與彩色霓虹，只有一人。

左腳舉起，水滴滑落脛骨，到襪子、到鞋墊，幾步腳掌已經浸潤。

又白又皺的。

你怎可以搞得這麼狼狽。崇莒會這麼說吧。

在離海很遠的鄉鎮，東北季風只代表溫度的差別而已，我感到陣陣的冷，來自東引的海，從這塊地的土穿過我的鞋。

我知道那樣的冷，沒有風在吹。

走到北疆魚攤，崇莒已將紅色的聚光燈關起，留下北疆魚攤的霓虹閃耀。

「你現在來是來收攤的喔？那個什麼臉色啦，這裡沒東引冷，怎一臉白，眉頭也皺，是怎樣，今天的你長得跟我的手一樣。」崇莒給我看他泡在鹽水冰的手。

「這些給你。」「多少錢啊？」

他從腰包裡掏了三千給我。我本想拆開紙箱，拿出那張寫好的帳單。崇莒拆開，將帳單連看也沒看揉成一團，丟在漂著魚鱗的水溝。

「鱸魚喔，唉唷還有藤壺耶，那麼多藤壺要幹麼？這裡沒人會吃。」

「你不會留給自己吃喔。」崇莒將那包藤壺丟到冷凍，藤壺冷凍就死了，沒人吃冷凍的藤壺。

他拿出那包海葵，「這個就真的讚了。走走走，兄弟跟我先回去換一套衣服，你也太臭。」

崇莒脫下半截式的圍兜，甩落魚鱗。

紅色的光，暗的空間，六點的外疆魚攤。

崇莒穿上半截式的圍兜，等待客人讓圍兜沾滿魚鱗。他排起各色魚種，排起比東引黃雞的體色還黃綠的澎湖黃雞、比東引黑鯛還白的養殖黑鯛，排最多的是鱸魚。

腹部肥厚的鱸魚，有五公斤大，約半身高的鱸魚，也有五百克的小家庭吃的鱸魚，卻都能從泄殖腔看到白黃色結塊的油脂，那不是東引的鱸魚，不是野生的鱸魚。

「來喔，來喔，東引特產七星鱸喔。來喔來喔，北疆的魚喔。」崇莒喊。

我帶來的五尾鱸魚參雜其中，只有我能認出來，偏黑偏瘦偏長嘴偏尖，沒有腹部的凝塊油脂，有卵有魚白。

排列好的魚，前方都寫了東引或是南竿、北竿接續魚名。

他將一尾尾紅色的赤鯮擺在最顯眼的地方。

東引沒有紅色的魚。

紅色燈罩的燈一打開，赤鯮的大紅更紅，養殖七星鱸的草綠變成墨綠，而我那幾尾東引的魚變得更髒更黑。

「你知道為什麼東引很少紅色的魚嗎？」我問崇莒。他只說不知道。

「因為東引的海沒有很深。紅色的魚在深海無光會變成黑啊，變成保護色。如果活在東引的海，太淺了，紅色的依舊是紅色的，這樣就會被大魚吃掉。」

昨晚，暗的空間和紅色的光，將那些越南小姐很白的牙齒映成也很螢光的深藍。崇莒依舊跟那些小姐玩得很開，奶、親吻、遊戲。

「這拿去炸。」他從塑膠袋拿出海葵，往桌上丟，跟水球沒兩樣，一丟就破。水解的海葵變成了什麼顏色，沒人看清楚，都像是黑。

什麼胭脂味酒氣都不見了，是到哪都相似的海港味。

有些不同，海葵的腥臭、鱸魚的內臟都像是東引的藻味。

「媽的，你拿這種東西一下就水解，超臭的。」崇莒聽成哥這樣說，卻也大笑，一直解釋這我家鄉特產啦，拿出五千給清潔阿姨說小費小費。他又跳入了一個個看起來沒有血色的肉體之間。

水解的海葵，就是海水，地的濕滑擴散到腳邊。

「崇莒，你的鞋有濕嗎？」「沒啊。怎了，你的鞋都是臭海水喔。等等帶你去買一雙啦。」

我想他已經溺在這裡了，怎樣也沒感覺到濕，也不會感到浸潤的冷。

「你知道東引很少紅色的魚嗎？」「什麼啦，兄弟，不幫忙去旁邊吃早餐。」

「你知道東引很少紅色的魚嗎？」

崇莒打起鮭魚的鱗片，沒回我的話。

攤位前標示產地是馬祖的赤鯮，我從未在馬祖看過。

崇莒那天進了兩箱澎湖的魚，我循著機場送貨的計程車回去。

「我能幫忙你什麼嗎？崇莒。」回到東引，我傳給他。

「你要我幫忙銷什麼？你要不要先打給成哥？」

想回不用你幫忙也不用什麼成哥了，連這些我也懶得回。崇莒的訊息列跑出輸入訊息的狀態，但他沒有說出口。「何時要回來東引？」傳了出去，又收回，那就不等於說出。

「好無聊喔。」我說。

「在這裡不是很好嗎？」我又說。

我依然釣鱸魚，幫人寄送東引與馬祖的海鮮，但我不再寄給成哥跟崇莒。賣給別人價格好些，我依舊會在觀光客多的地方賣魚，打開一百公升的冰箱，不叫賣。

「小哥，什麼時候東引有紅色的魚了？你上次不是說沒有嗎？」

「運氣運氣啦。」客人挑了幾尾黑點笛鯛，從澎湖寄來，我放在冰箱裡賣。

「要不要帶幾尾鱸魚？」客人沒回。

「我送你一尾吧，這尾是東引才有的野生七星鱸。」

崇莒離開東引已經四個月了，能掀起海浪的已不是東北季風，而是溽熱的南風。東引的鱸魚仍然浮水，仍然可以作釣，釣客不搭小艇去釣鱸魚了，太瘦太小的鱸魚沒有拉力，過季就不好吃，價格就更差了。大家都去礁岩上釣黑毛、石鯛了。我依舊釣鱸魚，沒多久一百公升的冰箱滿了，裝了三箱回港，釣友說我這樣屠村，明年就沒得釣。我知道明年冬天，鱸魚依舊會靠港，這些鱸魚沒什麼人要收，牠們在我釣繩解開放入冰箱時，就從生命變成了食物。

我找不到人要賣，我找不到人要吃這些鱸魚，這些鱸魚又變成了廢物。

「還要鱸魚嗎？」

「你釣這季節的鱸魚是有病，你釣多少啊，賣多少？」

「馬斤五十。」

「馬斤五十，就公斤一百。」崇莒已習慣用公斤計價了。

「先匯款。七十公斤。」

「也太多。」「記得拿貨，飛機三點到。」我也不記得他有沒有匯款。過沒幾天，他問我還有沒有。

「沒有了。」「黑毛石鯛黑鯛呢？」

「沒，你那邊有紅色的魚嗎？」我問，崇莒傳來罐頭廣告訊息，上面寫北疆魚攤（龜山島手釣鮮魚），他的北疆變成是本島最北的龜山島附近手釣的各種紅魚。

「你要嗎？紅色的魚比較好賣吧，台灣人就愛買紅色的。」他問。那些紅魚在深海中是黑色的，在紅色燈光中，人也近乎黑色。

「不用，東引沒有紅色的魚。」

熱。

在礁石下沒有魚。我開小船晃遊，今天的工作是幫村裡的人收收淡菜、牡蠣、裙帶菜，那些不急，我開往最近的礁岩甩竿。

沉重且時鬆時緊，往岩洞裡鑽，釣線密集地震動，魚齒磨啃。是石鯛，我想。

我鬆了些，牠便不動，速拉線，牠已力竭。將釣竿固定，撈起側身漂浮的石鯛，多了個步驟也不覺得礙手，我才發現我已習慣自己作釣。

熱。國之北疆的熱，不會是最熱的。

往回航行，在浮球與浮球間繫著長長的繩，掛了許多裙帶菜，我收起。下方的海變得清澈，我見到了密麻的小鱸魚苗，我將我所有的餌撒下，牠們吃餌跟金魚吃飼料沒兩樣。我笑了，看自己在海中的倒影，黝黑比實際年齡老了些，那不是保護色，也沒有紅色的光打在臉上，那是東引人的臉龐，是我在北疆的模樣。

潛下與沉底

網目裡的魚已成白骨。割開漁網，內層有從下方鑽入的小魚，有些小到探照燈一照才見到反光，會死的不是這種，是更大些的，還活在自己能穿梭在網目之間的記憶。

我不為了清理漁網而來，只是想看看有沒有不長眼的大魚，卡在裡頭。

兩分鐘過去，我浮上時，見到黑色的影。

再一次下潛，我劃開的漁網，隨洋流更纏繞了，如前妻下水後分岔打結的粗髮，她用力地梳啊，喊痛喊著想把頭髮剪了。梳子從頭髮刮下，白色的鹽與頭皮分不清楚，洗過幾遍了依然如此。「男人真好，可以剃成平頭。」因為打結如球的長髮，我們兒子出生後，我的頭髮不超過三分。捲髮又常碰海水，一定很容易打結，慢慢地梳也能解開吧，我想。但我從未幫她梳髮。前妻懶了，太纏繞的直接剪掉，說那是海廢。海洋造成的廢物，性格誇張的她把綑成幾綑的頭髮丟入海中。

「為何不剪短髮？」我問。

她拿起剪刀剪掉長髮，一坨坨髮球，我好想看看裡頭有什麼。我剪開，摸那些頭髮，粗粗的手感是幾根頭髮打結，搓揉後手指觸感油粉，而後乾燥，以為還有鹽分。「沒洗乾淨喔？」我說。她回屁啦。

泡海水久了，頭髮會黃紅一些。

更像是被海風吹鏽的冷氣機或是鐵門，紅褐色的碎屑。

離婚之後，幾次在海面看到漂浮的黑線，都以為她回來丟髮了。

我沒有將漁網解開。沒人付錢幹麼清海廢，死幾隻幾百隻小魚沒什麼差，都會變成浮游生物再被吞食。

又潛了幾次，廢網旁聚滿了小魚，我想有其他的魚困住了，愈掙扎愈跑不出網，愈更想奮力地活，愈將自己鱗片脫開。摩擦劃開血肉，那些飢餓的小魚被肉屑皮鱗引誘，那不是一尾魚的葬禮，那是千百隻小魚的點心。我游過去，牠們散開又聚集。這一小片海，在小魚啃食而後排泄，浮游生物聚集時霧濛，等海裡的霧散去後，那半死的魚鰓蓋開闔，魚頭沒了眼，頰部是透明的骨。

「舜仔，把漁網留在那不錯耶。」我說。

「去看就對了。」我說完，將舜仔的頭壓入海中。幾秒，我倆看著那群魚反射日光游走，有沒有成為食物的魚屍體，沒人知道。

那是不用載客出海的一天。陪陪兒子，我卻算起海上的泡棉船有幾艘。

「天氣這麼好。我們要去哪？海邊好嗎？我想約同學去游泳。」兒子問。

我開車載著打魚器材，而舜仔陪兒子走到海邊。他游泳，我與舜仔打魚。

「阿和，你怎不陪兒子游泳？難得放假。」舜仔雖這麼說，也是將我後車廂打開，拿起那些魚槍、水肺與小冰箱。兒子他們知道我要去的地方很深，村裡的人都會說長大才能去的那些地方。走幾步我便對兒子喊說小心一點。喊到喉嚨痛了，兒子比讚。

這裡的孩子知道海的分寸。

「阿和你兒子長大了耶，腋毛長這麼多，還有胸毛喔，會秋了喔。」「秋？」我的手去抓舜仔的褲襠玩兩下，像是回到國中時期，現在沒有人會跟我們說別游太遠了。我們將上衣脫去，掛在車的後照鏡上，往岬角的礁岩去。

岬角仍看得到兒子他們跳入海裡，浪來被推回岸上，浪回拉回海中。在海浪裡漂浮，人頭是黑黑的點，跟海蟑螂無異。

「有夠像海蟑螂。」舜仔也這樣說。

捏死海蟑螂，無聊時的遊戲。

跳入海裡。

熱寂的天，沒有風也就沒有浪，在礁石上還看得到淺海的小魚。潛入海，眼前濁濁，只看到舜仔與我的探照燈光線，什麼也沒。我往深處下潛，看不到舜仔探照燈的光，一米下一米，身體放鬆緩緩沉入。說能多深，也不可能到底部，這裡的海底不是緩坡，是無底的溝。海是會變的，在二十米時，眼前一片清澈，向上看是凝住的海，這裡更多的是卡在底層珊瑚隨海漂浮的漁網，我笑說是醜醜的防墜網。

我們倆什麼也沒打到，綁在腰間的鐵絲沒有串任何的魚。心想就當作出來玩水，又看到前方成群的泡棉船，碎念幾句今天應該要去載客。

看一尾接一尾魚卡在廢棄的漁網。

「水鬼會一個拖一個。你也知道。」舜仔說。

「阿和放假還想這些幹麼？去陪你兒子看海。」

轉頭，遠方只剩我兒子一人站在礁石灘。

當我們走到礁石灘時，「你兒子咧？回去了喔。」舜仔說。兩點的太陽曬得頭暈，有了幻覺，兒子明明在這。舜仔與我曬得背後都紅了，但兒子的皮膚沒有紅沒有脫皮，跟他說話，也靜靜地不說話。「同學呢？」他指向遠方，一動也不動。

兒子先一步到家。站在陽台，戴起我的墨鏡，看那片海。

「怎不等我。」我說，他沒回。

「泡棉船還是多得跟海蟑螂一樣，這樣怎會有魚。」雖然這麼說，我今天還是想推著我的泡棉船載客。

「你兒子在哪？人在家嗎？」舜仔問。

「在啊，早就回來了。這有什麼好問的，拜託，家離那片海多遠，擔心什麼。」

四點時，舜仔叫我晚上六點時，泡棉船就得出航，大家都要找那個孩子。法令是不准泡棉船出海，但為了人命開了例。

他有游那麼遠嗎？我問坐在陽台的兒子幾次，他沒有回。被帶走的不會回來。

「水鬼會一個拖一個。大家都知道，你也知道。」我跟兒子說。

那孩子被帶回來了，他在海床下墜，沒有依靠時踩到了底，那底是細網目的流刺網，腳趾套入，慌張掙扎，最後整個腳掌纏在那。聽說眼睛不見了，臉也被吃了一些，我能看到那慌張的臉，眼前有像星星閃爍的小魚啃咬。

「另一個是你兒子吧？」「回來了嗎？」

「早就回來了。」

只要遇到他同學的爸媽，我就道歉，他們對我說：「沒關係。真的沒關係。」我不知道是什麼東西沒關係了。

日子還是得過，只能當成沒關係。事後的幾天兒子不會說話，只用手比。當開始說話的時候，我以為一切歸於正常，把那幾天的失語當成遊戲。幾個月過去，兒子照常生活，但不再去海邊，不想上課就不去上課。褐黑的體膚變了色，那是魚眼腐敗時的翳白，也有許多東西附生，痘、癬、疣、斑。「油脂分泌旺盛，青春期本來就會這樣。」我跟兒子說。兒子也覺得沒關係，他少曬太陽，但我跟他說曬黑一點，「不出門曬，去陽台曬。」我只是想讓他擺脫那樣的膚色，回到以前，就能回到以前。

他只穿一條內褲，身體的體毛不見許多。坐姿讓他看起來變得好小，戴起我的墨鏡，在陽台日曬。

我依舊打魚，依舊在開泡棉船載客，生活不能因為兒子如此而改變什麼。

改變的是岬角禁止人進入，磯釣客、打魚的少了一個方便的點，因此泡棉船載客陪釣的生意更好了。載磯釣客在早上，打魚偷電魚的在晚上。釣魚要白天魚醒飢餓時釣，打魚是在魚睡著時，看牠緩慢地游，對準魚頭一槍。不過泡棉船一定要閃避海巡，雖說非法，誰又買得起一艘上千萬的漁船來打魚，這種便宜又好用的，危險又怎樣。

「命一條而已，連放假也要打魚，我舜仔爛命操死也是一條，你也是這麼想自己吧。」舜仔說。

「我一條命，也帶一條兒子的命，雖然操得要死，開船操死至少比餓死好。」

「說這些，你先顧好自己吧。但為什麼要在這裡打？」

下面的漁網鉤過一個孩子，舜仔也怕水鬼的傳說，其實我也怕。只是這裡是我熟悉的點，我想割碎那些網，或是看看廢棄的網能捕撈什麼，或許有我想要的。

「阿和，你怕了喔？」

躺在關掉引擎的泡棉船，只剩海浪的聲音。四周很暗，暗到像是蒙眼或是到了遠遠的海中央。沒有星星，我就知道還沒到海中央，是光害吧。海巡船在遠方，聚光燈掃了一圈，又準備回航。

「有什麼好怕。海巡走了，準備準備。」我對舜仔說。

舜仔看我一眼，我開啟頭上的探照燈，「是要不要走。」

「走走走，一起跳下去。」揹起水肺，拿起魚槍，舜仔就跳海下去。

「你的魚咧？你也是衰到敲龜喔。愈來愈沒有魚。海島沒有魚，鬼島啦。」

「拜託拜託，海上別說鬼。再下去，我們再沉下去一點。」我跟舜仔潛到上次有漁網廢棄的地方，漁網仍在，我拿起刀割裂漁網。而舜仔用手勢說前方有尾大的，他很想說那尾大魚是什麼，當口中的氣嘴放開，大小氣泡上浮，他指向我的腦，說我白痴。本想割網收些海廢拿上岸還能賺取一些獎金，這網太大太長，甚至我也沒看到網的另一端，慢慢地割，割開的網垂入更深的海，細小的魚也隨之移動。

只不過割太久了，舜仔也去太久了。

我朝網的另端游去，舜仔沒離我多遠，他身旁有一尾巨大的花臉，啃起塑膠漁網，而他的電魚槍穿過花臉的尾，也插入他自己的大腿之中。腰間繫了幾隻章魚、幾尾紅槽，如果能繫上這尾花臉，那確實風光了。他電到自己，所以無法動彈。我從花臉的頭叉了過去，穿過了眼睛，將這尾魚繫在舜仔的腰間，慢慢上浮。

如果我晚一點，那尾花臉劃開了那張漁網，舜仔會這樣沉下去嗎？可能醒來，當作下潛。沒有醒了，就沉入底，好運一點會像浮球一樣浮在海面，不好運就變食物，那也是某種程度的活了下去。

這趟只有舜仔的魚能賣，在港邊賣起一尾八公斤的花臉、三隻章魚，而舜仔躺在旁邊。有人說要買舜仔，我說帶走，只不過哪帶得走。

「你喔，那天被東西帶走了，還沒回來。來，喝符水，忍耐一下。」師公說完，燒符在頭上繞。「師公在說你啦，舜仔，哪有人自己拿電魚鉤電自己啦。」舜仔笑笑，比比頭臉裝得像白痴一樣。師公給了兩杯符水，不知道為什麼我也有一杯，但喝了也無礙。

符水喝完，叫我兩人留下日常的衣褲，我們都脫了上衣短褲，幾天後來拿，拿回去後燒掉。

「最近少去海邊啦，你也知道水鬼會一個拖一個。有時不是水鬼帶走的，也算是水鬼帶走的，反正死了廢了都要找個原因說。」師公邊脫道服邊說。

舜仔說他大腿好了，也有自己嘗試去打魚，只不過怎樣也沉不下去，或許是大腿某塊肌肉被電壞了。「騙痟。」他露出大腿上一個小洞，我怎麼按壓也不會痛。「你會跑會跳，沒道理不會潛。」他只是想離開這裡，「不打魚，你要做什麼？回老家做工喔。」

「沒吧，去學釣魚當釣客。」「要不，我的泡棉船租你。」舜仔看著海，那片到哪都看得到的海。

「那些漁網怎麼那麼多，釣不到東西了，小的大的都網在那，說不定你兒子也在那。」

「我兒子在家，只是不愛出門，別在那裡咒衰。」

那天，我兒子不在了。

這裡是這麼小的村莊，我一家一家問，我見到每個人第一句都是：「對不起，你有看到我兒子嗎？」他們笑得淡，揮手或是說沒有。

「要幫你找嗎？」

「沒關係，沒關係。」

這裡是這麼小的村莊，但哪裡都看得到那麼大的海。他沒回來嗎？他跟誰走了呢？或是困在哪？這些問題都是假的吧。

這麼大的海，無光的夜裡，誰從堤岸跳下，如果是大潮，能被帶走嗎？我想試試，但眼睛已適應黑暗，海潮層層微出細小的光，那光還離堤岸好遠，像還在海中央，那些細小的光是細小的魚。

所以我跳下堤岸，踩到礁石，礁石陷入沙中更深一些，在礁石縫隙的海蟑螂攀爬至我的腳，腳不斷地甩動，只有更多更細小的癢扒搔皮膚，這就像是卡在網中的魚活活被啃食的觸覺，啃咬的感覺應該更痛一些，像是螞蟻，或是踩到海膽，或是水母，說不定最像的痛是電魚的小鉤咬在身體的麻。

我的腳都是那些電魚的小鉤。腳上的海蟑螂又回到礁石底下，牠們不會再爬上我的身體，因為癢只是我最輕微的痛。

「你知道我兒子在哪嗎？」我LINE舜仔。

我沒等他回答。「或許已經到家了。」又再傳了一則訊息給他。

舜仔沒有回答我的自言自語，他只說過一陣子他要去遠洋，問我要不要去。

「去遠洋打魚嗎？」問這問題我也覺得笨。

「釣黑鮪、撈秋刀那些的吧。」

「你還有什麼好牽掛的嗎？」

直等到白天，沒有人問我怎還不回家，怎沒有人問我還不回家，只有預約泡棉船的釣客傳訊息說已經到了。我帶那組釣客往岬角去，這些釣客最愛問泡棉船的價格跟能載多少人，釣客多釣幾次就可以買船了，而載多少人這船都不會沉，它只會翻。我將泡棉船繫泊在礁石上，釣客爬上更高的岩，撒餌，放線，博魚。釣客問我會不會無聊，要不要釣釣看或是無聊先回去做自己的事情。只是我沒什麼事要做，我就在這裡等他們。他們釣幾回，問我可不可以換釣點，他們說這裡的廢網太多都纏住要沉底的釣線，什麼也釣不到。

那些網將所有墜落的都接起。

接起來的不等於得救。

當釣客時間結束載回岸邊，我又折回岬角，揹起水肺潛入那片巨網的海。清澈的海，有魚，我像是浮潛客用泡棉船當浮板，朝下看那片巨網，看不到什麼，就像是原本的海。我在身上綁起繩，下沉至漁網，拉住漁網一步步走到漁網的末段，找不到末段。幾次海浪一來，船漂走，而我被拉遠，又游回，幾次漁網差點蓋住了我，如果蓋住是出不去了。

我不是清理，我是讓那些網沉入海底，那些漁網或許會讓珊瑚死去，或許不會。我只是不想再讓誰困在那裡。

「你也困在那裡過啊，清一下比較安全。」

「說不定那就是水鬼，一個困一個咧。」

我把這片海清完了，我就回家了。兒子仍然在陽台曬太陽，灰白的皮膚沒變，體毛未生，總是光脫如孩。他會長大，直到我不再對他牽掛。

「一起去啊。一起去遠方入海啊。」舜仔又傳了一次。

在那陽台看得到好遠的海，夜晚的海如果有細小的微亮，我就想起那片網，要潛到多深，就得沉下多深。

「走啊，就一起去。」我對兒子說，他拿下我的墨鏡，皮膚黑了一點，對我比讚，那模樣是幾歲的他，真的很可愛，那時會潛水了吧。

河分雨流

在鬼頭刀運送車的後廂，將裝滿鬼頭刀的塑膠桶推至升降尾門，一桶桶地。這是加工廠女工最粗重也最輕鬆的工作，我一個女人又推又拉。輕鬆在魚隨清山去漁港喊魚載魚時那些空閒，看膩的海，粽子旁滿是釣客棄置的河豚，更不用說那些從小聽到大的叫賣聲。只不過清山不是所有的漁港都讓我跟，該這麼說，離山邊村最近的鳥仔港，他不會帶我去，因為我不想去。

「老家不回很正常，妳怕遇到前夫尷尬。」清山停在工廠附近，先幫我將塑膠桶拉至後廂門邊，讓我到工廠時能少推幾桶。他不會對其他跟車的如此體貼，我邊看他做，邊將手指放在嘴邊咬死去的皮，沒碰魚與海水卻有個鹹。到工廠後，穿上進冷藏後廂的防寒衣，開後廂門毫無冷氣，這是清山訂下的規定：美國佬不會跟車去漁港旁，冷藏要到工廠再開。後來愈來愈省，到場也不開啟冷藏，只遵循員工進入冷藏箱櫃都得穿防寒衣。清山說曾經有人死在冷熱轉換，怕美國人來查時被念。冷藏後廂沒有冷可以說是故障，魚的鮮度出問題，可以用方法騙，但人如果出事就不得了。不過人哪有那麼容易死。

後廂的魚血發出酸氣。這是鳥仔港再往南四十分鐘的港邊，沒開冷藏還是太熱了，更何況我與清山還做了一些其他事。血肉開始發酵，清山催促其他人，而叫我去一旁休息，丟了罐冰鎮在血水海水冰的飲料，又將我的手機丟了過來。

「妳媽叫妳回去，要談我們兩個吧。」他看我的手機螢幕顯示，他說「我們」兩個字時特別用力。

「喔。」我回。不用回我媽的訊息，我想。

「還是下午妳回鳥仔港一趟。」

「要工作了，不要說這些五四三，清山老闆。」穿上殺魚的圍兜，而清山的手肘輕觸我的乳房，對我笑一下，戴起他的麥克風，跑到門口迎接觀光客。

「怎麼了？」我回傳給媽，將手機放在櫃子，走去生產線。

自從我離婚，媽只談前夫阿和與我，還有那小孩。叫她別說了，她聽不進去停不下來。幾次我差點脫口說阿和跟我仍有關係，昨晚還在床上種種。但說了這些會變得更麻煩吧。媽又會說沒有愛幹麼幹，有愛幹麼不在一起。

問題不只這些呀。

我討厭我的小孩，所以我才離婚。

「旗秋媽咪。」或是把我的名字加上媽媽都令我噁心。跟媽說過這點，她說妳是女人妳是媽媽，說起自己怎麼養大我。煩死了煩死了。我念給阿和聽，他總安靜不回話，咬起下唇瞪著窗外。「生氣了？」我問他。而他將怒氣都轉為色情。

「速度快一點，魚刺殺乾淨，外國人不會挑刺，憨憨的。那個人快去幫忙真空。」清山喊聲指揮。我將魚片送入X光機檢查、裝箱。本來吃得起的鬼頭刀，包裝好打上學名字樣變成吃不起的鯕鰍。觀光客一入工廠，清山介紹鬼頭刀，都先從鬼頭刀是夫妻魚的故事說起，一公一母，方頭的是公魚，圓頭的是母魚。為了這故事，得將等待生產線處理的魚，一公一母地排好，「生時共游，死後共殺。願下輩子再連理。」我刻意放一尾小魚，「一家三口，來世相逢。」清山說完，轉身對我比了中指，但觀光客笑了。

「晚上要過去嗎？」他用口形說，我將口罩拉下嘴巴張開，讓他理解這是調情。

分到最後總是多出幾尾公魚。

「羅漢腳。還沒定下來，還沒去找海龍王相親。」清山的圍兜黏滿如菊花瓣的鬼頭刀細鱗，說那些故事像鬼頭刀有愛情。

清山當然相信愛情。有一次，我將鬼頭刀內臟魚鱗骨、雜碎推至絞碎機前，我問他的。他說相信，所以在輾碎骨肉血味四起前向我告白。

「騙誰，魚最好是會獨愛一個啦。個個破麻個個豬哥，海裡射了就有。」殺魚大姐對清山說，邊問這魚要收嗎？

「不用，還有兩批觀光客。姊仔別在遊客前吐我槽，講這些愛情故事趣味趣味。」

攤在地上的鬼頭刀開始退鮮，見不到綠箔淡黃的魚身。方頭的魚，清山說能破浪，圓頭的龜縮顧家，又說了兩次夫妻魚的故事後，魚身只剩漸淡的綠轉白。

一接待完，清山導引遊客去買補鈣骨粉，還有賣裝有乾燥公母魚尾的愛情御守。用對講機催促女工們把魚收去殺。魚擺到生產線，剖開變白的鬼頭刀，背肉開始鬆軟。分裝前用水清洗，洗掉髒血，泡入臭氧水中，拿起灌些二氧化碳，變成微微粉紅。「人可以打一氧化碳嗎？妳看我的手白泡泡，是真的變成一個個水泡，灌下去也會變成粉紅的吧。」我說。旁邊女工們開始說些黃色笑話。人也是會變色的，將手套拔掉，看自己白泡的手，附著許多鬼頭刀鱗片，如果劃開我的手會是沒血色的白肉吧，像是招魂回來的溺死者。只要如此聯想，我會想起第一次與阿和相見。

那時他從鳥仔港的海拖回一具屍體，肉色是陰天灰，有鬼頭刀失鮮相仿的白，身體僵直。阿和一臉嚴肅，旁人的哭喊有如水中的聲響低鳴。

阿和向我輕笑，那瞬間像是下海玩水。

「有那麼難過嗎？」我在堤防上踢腿，問阿和這問題。他收起笑容，卻不時偷看我刻意露出的底褲。平頭的他，很帥很可愛。在我面前數起死者家屬給的紅包。

「要不妳死死看。看妳家人會不會難過。」雖然阿和這樣說，他也是知道我家只剩我與我媽。

招魂幡插在沙灘是跟死者揮手，飄動停滯，防風林嚓沙地響。

「身體好黏喔。」我說。

阿和一身海沙與乾白的鹽，「回家了，一起洗澡。」他對我招手，應該是說笑，我跟他回去了。那年阿和只是我一個玩伴，肯養我的玩伴。

至今我與阿和離婚，他仍然是我的玩伴。

清山也是。但清山認真了，每日午餐晚餐、他家的鑰匙（我從沒用過）、每晚的電話，說什麼他不在意以前，對未來有規劃，不用說清山一定想要孩子。

好煩，真的好煩。

「妳在想什麼，我都知道。」午餐時清山說，且逼著我打給我媽。

我撥了電話對她說：「怎樣啦。」

電話另一頭的媽說：「旗秋不見了，妳可以回來一趟嗎？」

「喔。」我回。掛了電話，清山問怎樣了？

沒事。

「真的沒事？妳回去一趟看看妳媽。」

該死的男人直覺。清山知道山邊工廠到鳥仔港，去回都是四站三十分鐘。但他不知道我只要傳訊息給阿和，阿和一兩個小時便會在我的床上。

這怎麼沒有直覺。

我如此是放蕩吧，才被叫公車。

「阿和也跟公車玩喔。」「她屁股有痣。」「破麻喇叭。」喜宴上醉酒的男人們說了實話。穿西裝的阿和，緊握的手紅變成白。嘴細聲碎念，抬不起頭。

謝謝，我們直說這句。

阿和的臉還是沒抬起看那些人。

為了家計，他去跑一個禮拜兩次、一趟三天的釣仔船。那些調侃我與阿和的男人們，我看了幾眼又幾次，起初覺得那些男人刺激，同時羞愧，卻能填滿。後來只為了等待被填滿，卻從未到達哪裡。沒有避孕也沒有懷孕，「爛貨，妳如果懷孕，連孩子的爸爸是誰都不知道。」那些人對我說過。

媽也知情，也對我說過一樣的話。

「有的話可以試試生下來，看看是誰的呀。」我說。

「生出來像我自己，我自己會掐死他的。」

生出來像我這樣的人，生來幹麼。

阿和回來時，總知道在哪找到我，滿身魚臭的他載著下身黏膩的我，騎在刮人的防風林旁說回家。

我買了驗孕試紙，在藥房的廁所見到了該死的兩條線。有了，我不想要。

阿和直說生下來，要不然幹麼結婚。開始說幾年計畫，泡棉船、潛水打魚，養得起我與他的孩子。我相信他，相信每個男人的鬼話。

「有孩子就能成家嗎？」我問。

「我會盡力。」他回。

「就不是盡力的問題。」「要不然是什麼？」他的表情天真。

我沒有答案。拖到三十二週早產，產後脹疼的乳頭、肥胖、惡露，真想當作我死了。剛出生的旗秋哭到白變紅變紫，「會不會這樣哭到死？」怎都不會死，我便得為他而活。

人是會變色的，海也會。

阿和沒跟他兒子說這些吧，才會游到不見。

旗秋應該死了，我媽才會叫我回去喊他。但旗秋還認得出我的聲音嗎？

不要認得，不要記住。

記住旗秋的是清山，當他剛知道我有個孩子，各種玩具沒停止送過，我收下後丟掉。

離婚的三個月後，我問阿和他想我嗎？他說想。他帶了兒子過來。

「為什麼這麼自私。帶他來幹麼。」我說。

「小孩聽得懂。」他手摀起兒子的耳朵。聽不聽得懂才不重要，摀住耳朵，耳朵會有如螺類般的海潮音，那都是提醒著說有不能讓孩子聽的大人話語。孩子才沒那麼笨，這些是最該聽的。嬰兒時，叫他別哭，給幾個巴掌也沒用。兩歲時，說一句幹，他便學起了。

「我討厭他。」我說。

不到恨，卻無法喜歡。

阿和與兒子搭了車回家。後來，我不曾看過兒子，他也不會跟我說兒子怎樣。他說家這個字，我會回沒有錢了喔。

「嗯。」他說。我知道他其實有錢，他說那些只是確認家還有沒有可能存在。

偶爾給個一千五百，卻不時跟他說我手頭緊，當成他說的錢真的只是錢。

擅長擺個懦弱的姿態，是我這般人的生存。

清山不一樣，從小在魚工廠長大。沒幾歲當上組長，管著可以當他媽媽的女人們。該怎麼笑該怎麼凶，該怎麼在剛學拿刀的女人後方環抱，教女人剖開一尾尾鬼頭刀。我問過他第一次做愛是何時，他說很小，跟一個阿姨。他笑說跟我做也是這樣的感覺，都熟練地取下。剖清的魚肉白澈透亮，魚骨則是折凹斷裂，這樣的清山說相信愛情。

後來阿和又帶著旗秋來，我沒應門。敲門的阿和對旗秋說你媽不在。

沒人哭沒人回應。

都過去了就回去吧。

那晚清山問我早上去哪，他一眼認得旗秋，說旗秋多麼像我，然後咒念阿和。只因清山在意我過去的婚姻，雖然他都以在意孩子作為藉口。清山想婚，我卻怎麼跟他在一起的都不清楚，男人只知道給些承諾，似乎就能讓人心安。

他嫉妒阿和，只因為我曾相信阿和的承諾。

當時接受阿和的求婚，「只能接受，要不然還有人要信我愛我嗎？」這些念頭促使我呀。想想也是可愛，怎麼想說要逃呢？

「李俊和找你要幹麼？」

我撒了謊：「來要教養費。」

清山碎嘴，男人罵男人，像是勝者敷傷時的炫耀。

「給他一些吧。」清山掏錢給我，我收下。每每收下他的錢，又叫我回去看孩子。他不會陪我去，怕見到阿和，嫉妒憤恨一拳拳打在阿和或自己的身上。同時害怕我對阿和動了同情，又得裝成大器，我沒跟他說不回去鳥仔港，只是因為旗秋。

阿和時常與我見面，我好愛阿和來找我，好想他的肉體，阿和也好想。幾次阿和要我回鳥仔港，我咬他。他一提旗秋，我叫他滾，他跪下哀求，求的不是回去，而是進入。

我真的不想回去。

「妳媽是因為旗秋打來？」清山看我的表情他便知道事情大小，出我家門後整夜未歸。

隔天我到工廠時，清山叫我去鳥仔港出公差（三十分鐘的路程得花一天的差？）拿了一張車票。「你可以陪我嗎？」我回。在我套房樓下等我換衣服，強迫載我去坐車的清山，相信愛情。

「自己去看看孩子吧。」他輕拍我的大腿說。

到鳥仔港，一下車踩到魚血水窪，傳訊息給媽說我到鳥仔港了，要去哪喊。

我爬上公車站對面的堤防，輕聲念回來喔回來。我笑了，笑自己白痴。

離婚那天我坐上公車也是這樣笑自己。「我要離開。」我在機車後座，抱著三歲的兒子，他熟睡癱軟，頭壓著我的肩膀好重。阿和無聲，跨過雙黃線超車的砂石車，引擎聲壓過了海浪，也讓機車搖晃。阿和若是有哭、有叫，說不定我會留下來。「不過，你爸就不愛講話。」我對著兒子說。睡著的不會回應，醒著的沒有回應。

砂石車一台一台。將這邊的砂土變成都市的牆。貨斗漏出的砂石，讓人怎樣也騎不快。

騎快一點犁田了，輾斃後會像是不長眼的狗貓黏在路上。

「騎快點。你兒子流汗流到我整身都是。」阿和將油門催緊，輾起細砂，搖晃的車是搖籃，兒子睡更熟更癱軟。「阿和，你騎太快了，怎樣，是要一起死喔。」現在想起來，那時我說的話很白目，是我叫他騎快的。

轉進防風林旁的小路，風吹防風林的嚓沙聲響。阿和與我第一次約會，在這條自行車道旁的林叢做愛。帶刺的小樹，劃過裸身的我們。刮過手臂、腰背，我勒住阿和的脖子。

「妳鬆開啦。」阿和說。放開之後，阿和綑著我，懷孕生產，吃奶、尿便、叫一聲媽媽、走路什麼那些都在身體上留了紅疤。

我把兒子抱得更深更緊，樹葉劃得更深更痛，阿和也是。抱那麼緊只是為了確認有沒有愛，如同囚禁，卻更空虛了。

兒子低鳴地叫，有聲，沒有意義。

「兒子是我的嗎？」阿和問。

是你的。我沒有說。

烏暗的海景，無光，什麼也沒。

搭那晚的巴士離去。那天旗秋從下午睡到深夜。

「旗秋沒哭，我先走。」我對喝茫的阿和說。

關上門，幾聲低嗚，我當成阿和醉吐。

老家的海，太常看到招魂幡，也太常聽到那些叫喊：「你快回來。」

當我向媽說我跟阿和離婚時，她念說要學愛愛人呀。

「我愛過呀，很多人呀，不愛了能怎麼辦？」

「忍耐。」

什麼都得忍嗎？我不是不愛阿和，但我說不出口。

「愛，愛伊去死。」媽說。

但當初沒那麼喜歡的孩子死了，我沒感到難過。阿和像是困在網中，才是父母的模樣。

下堤防時遇到以前認識的男人，男人問我回來幹麼。我說兒子失蹤了，招魂也需要我叫兒子的名字。

「阿和說旗秋回來了，但我沒看到人，我兒子說他沒去上課。但哪需要妳這個媽媽？」接下來的對話，只是生兒育女的那些無趣日常。「載妳去那片海灘，方便順路而已，妳別想說我會跟妳怎樣喔。」

一坐上男人的機車後座，我媽便傳訊息來說旗秋落水的地點，又問我要怎麼去。我不回應她，我也不用怕什麼謠言，單身了有什麼好說。

男人緩慢地騎在大路，不知是故意的要我抱緊還是砂石所致，偶爾扭動蛇行。我聞到他身體的氣息，是乾掉的蚵殼與微小的蚵貝柱壞掉的味道，這裡每個男人都有這個味道。男人背上的汗乾白，結晶粒粒，與阿和還甜蜜的那些年，我會靠在他背上，摩擦那些結晶，阿和看到我臉上有那些鹽，他都說那是糖喔；第一次帶兒子去沙灘時，他嚎哭，懼怕碰觸沙的觸覺與海浪，海在他小小的腳也留下乾白的結晶。

「媽媽，海龍王留下白白的鹹鹹的，怎辦怎辦我會被帶走嗎？」

「不會啦，洗掉就好了。不過阿嬤說第一次碰到海，要吃吃自己身上的鹽，才會長大喔，才不會被海龍王帶走。」這裡風俗如此，也真夠髒。

「我不要，臭臭髒髒。」就算旗秋說好，我也是會用淡水沖旗秋的腳踝，鹽被沖走了，黃色的沙還是有一點。旗秋什麼時候開始敢踏上沙灘，甚至在礁石灘上跳石、抓海蟑螂，我都不知道。

海龍王那時有在旗秋的腳留下標記吧，我想會不會是兒子沒有我孤單，才奔向海去，這一切也是自作多情。如果將旗秋兒時的鹽白結晶留下來，兒子會長成那些男人的模樣嗎？

「不過，回來就好，回來看看。過去什麼的，有人提有人講，也不會少一塊肉。」男人說。前面的砂石車車斗一路漏砂，眼前的路變成灰濛。男人加速超車，卻怎樣也超不過。

我緊張抱住了他，又放開。嘴裡的鹹也不知是砂還是鹽。

「還是回去好了。」一邊說，邊打著男人的背，回去車站。

高聳的堤防，被海風吹到邊緣生鏽的路牌寫著敬告遊客：海邊禁止戲水游泳。紅色的救生圈已褪色成為粉紅。

又回到山邊，到站打給清山，他說太早回來了，妳真的有去嗎？

「喊幾聲而已有什麼用。孩子被海帶走了，等到他回來時自然有人會跟我說，到時我再去哭就好。」

我一人待在套房，傳訊息給阿和。手機的待機螢幕，不斷地亮。「阿和傳了一張照片。」不斷地跳，一變到十，本以為是屌照，結果是什麼都沒有的陽台窗景。最後才傳了訊息：「兒子很帥吧。」

門鈴響了。清山來了。我去洗澡。他偷看了我的手機訊息，說阿和真的沒用拄搉[10]，他有去找嗎。阿和只是覺得旗秋有回去吧，有回家的人幹麼找。

隔天一早，清山又給我一張車票。而我上車後，他的車跟在一旁，為何不一起搭車或是他載我去呢？多此一舉，像是押解囚犯。路到一半，他折入小路後傳訊息對我說好好面對。當公車快到鳥仔港時，清山的車轉入我家的路，是要跟我媽說他想像中的未來。下車後，我又待在那片海堤，看海浪打在消波塊，泡沫消解。殺新鮮的鬼頭刀時，血未凝結，剪開腮邊染紅了水，愈紅愈濃稠。泡水久了，魚肉愈來愈白。眼前的泡沫消解似乎比以往還慢，是什麼死在海裡，海的眾物消化了他，或說海消化了他。

「旗秋，你還好嗎？」我輕聲地說。

10 拄搉指一個人不成器，一輩子沒出息。

說完。海潮間停滯了一會。

我也曾幾次，往海中央的紅色浮球走，沒多久又自己走回來，蹲坐在礁石灘上，看身上乾白的結晶，舔舔，我以為能讓自己成熟一點，能當個媽媽。

「記得去海邊喊喊，或許會回來。清山很棒，好男人好好把握……」媽傳訊息來。

「關我屁事。」我回訊息。

「我就是不想當媽媽。」這個想法，伴隨著旗秋細瑣的一切，跟海風沒兩樣，將我風乾，將我能幼稚與任性的那些成為乾癟，是沒奶的乾癟乳頭，是褪色為白的鬼頭刀。

我搭上往南方去的公車，公車只有我與司機。我始終沒去旗秋落海的礫石灘。

我跟清山撒謊說我去過了，附上一張剛剛在海堤照的相，誰也分不出來海的顏色吧。更南方的海，更深色些。

阿和討海時說過浪花間閃現的翠綠又轉湛藍，跳躍時，像是綠色與黃色水彩混色的瞬間，沉入。他放Discovery的紀錄片給我看，而討海的影片卻搖搖晃晃，捕撈上的鬼頭刀，跳呀，阿和一鉤戳破牠的眼，戳更深一些跳動漸緩。鰓開闔，鱗光是海的色澤，鰓停閉，鱗光已沒有光，只是單色的黃，黃色不是枯黃的黃，隨著血液變成體表，不是病毒感染，就是死亡。

「鬼頭刀死的那一刻，是不是會放出藍色的光啊？是不是夫妻魚呀？」我問。「不會變色啦，那種魚很會跳，要讓牠快死啦，尾巴撇到很痛。夫妻個毛，魚最好有結婚證書喔。」那時的阿和說。我從那影片也看不出什麼藍色的光，這樣問只不過是網路上有人問而已。

我沒下車，隨公車折返，司機要我補票。路經鳥仔港時，手機的待機螢幕跳出：「妳回去了沒？」

清山一則又一則，講到我、我媽、婚姻，口氣些微不同。他的回去是指回去阿和身邊嗎？還是回去山邊的家呢？我不清楚。刪除聊天室，封鎖。

路經阿和的家，見他躺在陽台上的躺椅。

一則訊息：「妳要回來了沒？」一張照片，我點開是阿和的笑。

清山打電話來，切成靜音震動著沒接。

「我跟兒子很像吧。」阿和說。

「嗯。」見我有回應，阿和傳了好多張照片，是他搭著幻想的肩，或是擁抱，他怎麼搭肩怎麼擁抱沒有重量沒有體溫的旗秋。照片中阿和的手搭著空氣，笑得很帥，那樣的笑確實與旗秋一樣。

「很像。你比我還像他。」我回。阿和還沒回下一句話，我封鎖，刪除聊天室。

車到山邊，我將他們兩人解除封鎖。

「我要回去了，你要來嗎？」我回傳。

「好。等等見。」他們都回。

而封鎖時他們說了什麼，我不在乎，假裝沒事就好。

我等著他來，在小小的套房。

【後記】

他們同我一樣，那樣的人，如何好好地愛世界

我發現自己不是單單一個樣貌，所以我開始寫作。

如果自己的模樣只有外顯那般，會有多好。外顯的我多話，外顯的我樂觀。當我寫下醜醜的字，一開始的節奏緩慢漆黑，是開門後一個細小縫隙，透進了光。那個光不足以救贖，但足以帶來希望。

花了很久時間去理解希望是什麼，是掙脫嗎？是逃跑嗎？

只是一面鏡子，能仔細看受傷的刮痕，有些細小，有些已成裂痕。

《雪卡毒》裡頭的小說寫作年表從二〇一九到二〇二二年中，這是我的第二本書，但更像是本出道作，從我文學出道（初到）到成為某個模樣。

寫作的起源在國中一年級，幻想自己能與人不同，同時害怕與人不同，寫下的文字怪異彆扭，好多欲望的開展，逐漸成熟卻仍幼稚。在菜市場工作遇到同學買魚的時刻，同學與我眼神交錯，卻沒有平日在學校時的多話。在週一課堂上睡著的我，被打被罵也不肯說出假日魚販工作的疲累。

「那時好累喔。」我說。

久了久了習慣了，不只是賣魚這檔事，還有在一旁記錄著自己的字句。現在的我轉頭回去看那時的文字，文字裡過度的形容都成掩蓋，看似苦悶困於情愛、課業或是幾些批判社會，卻沒寫到讓自己痛苦的工作。已想不起那時怎不寫市場的工作，寫作能力不足吧，還沒碰觸到好多的人心吧，才發現青春的自己很自卑，自卑在學生／魚販的兩種身分。把林楷倫剖開來看，單親更近乎於無親，不親近的家庭生活，所以獨立生長。

我試著幫自己綁起鐵絲，不要長歪。所以旁人說的話，我都當作鐵絲綑綁在身。

我記起父親第一次看到我新詩仿寫的笑容，就算他是喜悅的，我都當成鄙視。

一位同學向我說：「幹麼寫作？沒人要看呀。」「對呀，沒人要看但我爽呀。」那時我回。打開無名小站的流量觀察，每天一兩個人來，當來過的人能理解我，那就夠了。

作家都是暴露狂吧？但我何時有自信暴露呢。

作家都是自卑者吧。擺盪在兩極之間，搖晃在獨特與普通，一不小心過度敏感，也不能接受自己的鈍感。

「好煩啊，這樣的人。」讀者一定這樣想吧。但青春的我們不都是這樣過來的嗎？

「總不能一直自卑下去吧。」我說（可惡，我的人設怎又勵志了）。沒那麼勵志，在二〇二〇前，我從未想過能發表作品。

●

發表、出版，那都是夢。

相信自己平庸，相信自己的文字很無趣，我都快說服自己了。

「可以寫寫看呀。」二〇一九年，妻子說，陳泓名說，想像朋友們說。

只是寫寫看喔。寫給誰看呢，我問我自己，既然有人觀看，就讓我們相互理解。

二〇一九年底，投給想像朋友寫作會的寫作履歷：

林楷倫，三十三歲，台中魚販。

作品〈雪卡毒〉

二〇一九年的十二月二十一日，我將〈雪卡毒〉給想像朋友閱讀且批鬥。李奕樵、李璐等人給予意見，那刻，我身為寫作者之於寫作者，是因為有人能閱讀，有人能發現隱藏掩蓋躲避的內心。小說是擬仿的遊戲，我擬仿起各個角色，進入他們的內心，用角色的生活帶讀者進入不同的世界。

小說的擬仿，不單是作者，更要讓讀者陷入其中。

小說也是坦誠的遊戲。我總將自己切碎放入小說之中。

我問自己如果當初走向不同的路，我會是怎樣的魚販呢？以此寫了〈雪卡毒〉。

我國高中的孤單與自身交友易熟卻難以深交的個性，該怎麼書寫友情呢？所以寫了〈北疆沒有大紅色的魚〉。讀者不需知道這類作者的先行知識，但我想說的是小說為虛構的，卻也是真實的載體。

二〇二〇年，我拿了幾個文學獎。猶然記得夢花文學獎寄來掛號的那刻，妻子拿了掛號。「沒上，政府還寄掛號通知。」我說。「首獎欸。」她回。我們機車雙載，我一直笑她也一直笑。我也記得榮獲林榮三文學獎時的感動。

寫小說、得文學獎是為了解開成就嗎？不，只是種想講話給他人聽的心情。寫作是孤獨的，甚至我曾感到寫作是羞愧。每次投獎寄出掛號的那刻，總覺得自己會上，公布時間快到了，又開始自我厭惡。厭惡的是別人會如何閱讀我呢？我是不是沒有寫好呀？那過程很痛苦，痛苦到需要擱下筆來，找人拍拍。

仍然走下去，我知道有人會閱讀我的文字。

是你、是他、是誰都好。

我打開了自己那扇內掩的門，那扇門後儲藏起許多陰影。有陰影必然有光塵，有光塵必然有光。

身為作者，有想說的，有不想說的。若能以不同角度的光照，用以閱讀我的文字，或許能看到吧。

怎可能全部模仿如同土生土長。我們都長成拼裝歪扭的模樣。

我們都是吧，沒錯吧。就算是完完整整沒受過傷害的人，也是歪扭的。

我知道我的小說集跟第一本書不太一樣，第一本書《偽魚販指南》的人們讓讀者見到人是如何生活，這本書則是讓讀者見到，人是如何成長。成長不一定是正面語詞，成長會像是鉛筆尖端戳入手心，然後斷裂，皮膚癒合的模樣。也會像是魚刺卡喉，用米飯用醋找醫生等等，一時半刻仍然可感受到幻痛。

《偽魚販指南》讓我跟大家說我活得好好的。

小說呢？每個生命的選擇不一定準確。

人既然是理性的，為何不能選擇最正確的路？

我的小說試著去提問什麼路是正確的。書寫時，一同與角色迷惘，偶爾豁然開朗，偶爾刹然無光。

我們都會沉迷於假裝希望的絕望之中，我們都會習慣於無可奈何的習慣。這本書裡頭的人物都想衝撞啊都想改變啊。

改變什麼才能改變人生？我問每個我寫過的角色。

同我一樣，那樣的人，如何好好地愛世界。沒有人可以幸運地一步便能踏到正確的路。但走歪了走壞了，也不代表是失敗者。

我不認為我的小說是失敗者文學，裡頭的人物平凡一般，是等紅綠燈時會將車窗打開點點菸灰的人，是出國時在機場特別興奮的孩子，是班上不好意思舉手發言的人。

跟我們都一樣，是會想著自己是最不好運的人們。我的角色們，經濟不一定困窘，心靈不一定貧瘠，但什麼是活得好好的模樣，什麼是合格的大人。

他們、我、你都很努力了。

讓我老套地謝謝這本書幫助過我的人。

沒有林瑾瑜、林序陶、林敘瓷，不會有這本書。

序陶的序，是書序的序。

敘瓷的敘，是敘述的敘。

謝謝想像朋友們，特別是寺尾哲也與田家綾。

謝謝寶瓶，接受我的任性（不過我交稿超準時唷）。

謝謝文學，你確實改變了我的人生。

最後，最重要的是謝謝你，讀者。這是我的小說出道作，不知道你喜歡不喜歡呢？身為作者，能讓你閱讀到真是太好了。希望這些文字能走到你內心，或這些文字能讓你的內心走到他人。「還能繼續寫嗎？」我問過妻子千百次。因為有你閱讀，我才知道我能繼續寫下去。

【新書分享會】

《雪卡毒》

林楷倫

- 台北場 -

時間：2023/2/10（五）20:00-21:30

地點：誠品信義店3樓　典藏敦南專區

（台北市信義區松高路11號）

- 台中場 -

時間：2023/2/11（六）19:30-20:30

地點：誠品園道店3樓　閱讀書區

（台中市西區公益路68號）

國家圖書館預行編目資料

雪卡毒/林楷倫著. -- 初版. -- 臺北市 : 寶瓶文化事業股份有限公司, 2023.02
面 ; 公分. -- (Island ; 323)

ISBN 978-986-406-335-2(平裝)

863.57 111020587

Island 323

雪卡毒

作者／林楷倫

發行人／張寶琴
社長兼總編輯／朱亞君
副總編輯／張純玲
資深編輯／丁慧瑋
編輯／林婕伃
美術主編／林慧雯
校對／林婕伃・劉素芬・陳佩伶・林楷倫
營銷部主任／林歆婕　業務專員／林裕翔　企劃專員／李祉萱
財務／莊玉萍
出版者／寶瓶文化事業股份有限公司
地址／台北市110信義區基隆路一段180號8樓
電話／(02)27494988　傳真／(02)27495072
郵政劃撥／19446403　寶瓶文化事業股份有限公司
印刷廠／世和印製企業有限公司
總經銷／大和書報圖書股份有限公司　電話／(02)89902588
地址／新北市新莊區五工五路2號　傳真／(02)22997900
E-mail／aquarius@udngroup.com

著作完成日期／二〇二二年
初版一刷日期／二〇二三年二月
初版二刷日期／二〇二三年二月七日
ISBN／978-986-406-335-2
定價／三六〇元

本書獲 國藝會 NCAF 創作補助。